フケメンの戯言

現王園秀志
GENNOZONO HIDESHI

幻冬舎 MC

〈著者紹介〉
現王園秀志（げんのうぞの ひでし）
昭和26(1951）年鹿児島県生まれ。東洋大学経済学部卒。自治体職員退職後の東日本大震災後に、ボランティア活動を始め、その傍らでエッセイ風に自由テーマでパソコンに原稿を綴り出す。また、新聞購読で日々の社会情勢の情報収集を日課としている。

本書は二〇二一年に小社より刊行された単行本を一部改訂し文庫化したものです。

フケメンの戯言《ざれごと》

2023年3月10日　第1刷発行

著　者　　現王園秀志
発行人　　久保田貴幸

発行元　　株式会社 幻冬舎メディアコンサルティング
〒151-0051　東京都渋谷区千駄ヶ谷4-9-7
電話　03-5411-6440（編集）

発売元　　株式会社 幻冬舎
〒151-0051　東京都渋谷区千駄ヶ谷4-9-7
電話　03-5411-6222（営業）

印刷・製本　シナジーコミュニケーションズ株式会社
装　丁　　弓田和則

検印廃止

ISBN 978-4-344-94427-5　C0095
幻冬舎メディアコンサルティングＨＰ
https://www.gentosha-mc.com/

はじめに

この本には、私が五十代の後半あたりから還暦を迎えることで、つらつら書きしたものに、時系列的な補正を加除訂正しながら載せました。暇を見つけては思いつくその時の感情の赴くままに、パソコンに向かって綴っていたものです。

最初の頃は何を書こうかと、考えていましたが、当時は毛髪が酷く抜け出し、おまけに胃袋も調子悪く、そのために毎日鏡を見ますと、貧相この上ない姿に、突然老けに襲われた感覚を持ちだしました。

老けゆく老体をどのように捉えて、これからの還暦後をどのように生き永らえていけば良いかと、焦燥感にも苛まれるようになりました。そのためにはとりあえず、自分に向き合わないと、何も生み出されないと考えながら綴ったものです。

そして、タイトルは「戯言」としました。つまり、フリーハンドの何でもありの世界を作り、綴りやすくすることで、フラフラといろいろなテーマで書き上げました。ここに掲載されたものは、その中の一部となりますが、パソコンがなければ、上梓されることにはならなかった原稿でもあります。

ただ、一つだけ困ったことがありました。

私は座骨神経痛と、かれこれ十年以上は付き合っています。特に治療などはしておりませんが、手作りの木工具を使用し腰のストレッチを毎晩しているために、幾分痛みも和らいできているところです。

この痛みがありますために、体勢を何通りも変えながらの原稿作りとなりました。多分私と同じ症状を抱えている方もいるかと思いますが、何とか痛みにズッコケながらも書籍としまして、全国展開というまさに晴天の霹靂以上のビックリな出来事となりました。

また当初は、子供や孫たちと自分の兄弟関係などの親戚に読んでもらえたらよいかと考えていたものです。それが、まさかまさかのこのような形になりまして、人生の晩秋期にこのようなステージに立たせて頂くとは思いも寄らない出来事でした。

ということで、皆様方に読んで頂きまして、どのような感想を持たれるか分かりませんが手に取って読んで頂くことは、私にとりましては、幸甚の至りでございます。本当にありがとうございました。

目次

はじめに　3
じいじになった私　9
きみたちへ　10
祖父に見た祖父像　19
趣味で狂人化　25
♪音楽♪って何？　28
フケメンの戯言　40
妻への一言　55

メダカの水槽楽団　65

世の中と私　73

少しだけ哲学模様な話と言葉の妙　74
新聞の右に出るものは？　81
食のショック　87
はたけの物語　95
ドの付く田舎自慢　106
老人の遠吠え　114
戦争と平和　121

ボランティア活動と私　129
自分が捉えた東日本大震災　130
ボランティア活動から　142
おわりに　157

じいじになった私

きみたちへ

不思議なことである。それは初孫たちが二人連れ？で、あの大震災（東日本大震災）の起きた年の3月11日を挟んで、2月27日に男の子が誕生し、3月27日に女の子が産まれてきた。

男の子は長男の子供で、女の子は次女の子供。二人とも予定日より一月ほど早く産まれ、抱っこよりも両方の手で受け取れる、殆ど未熟児スタイルの孫たちだった。

まず、先に産まれた男の子であるが、当日は妻と一緒にかねてからの予定で出かけていたために、病院には長男が立ち会っていた。私たちは出かけ先でも初孫誕生のことが気になり、今か今かと長男からの連絡を待っていた。

この時ほど待つ身の長さを感じたことはなかったが、待ちくたびれたその頃に、ようやく電話が鳴った。「母子とも元気！」長男の興奮気味の知らせを受け、直ぐに用事もそこそこに妻と病院に駆け付けた。

そして、孫との初対面ができ、ホッとした表情の嫁さんに労いの言葉を掛けながら、初孫をそれぞれの親同士で抱き合った。早速、持参したカメラで孫の動きの一つひとつをカメラに収め、全員の家族の満面の笑みもしっかり収めた。

一方の次女の初産日には、妻も娘婿も仕事で立ち会えず、私が一人で付き添っていた。が、いよいよその時が近づくにつれ、間断なく襲ってくる陣痛に、必死にベッドで苦痛に耐えている娘の表情の傍で、何もできない私は、身の置き所に困ってしまっていた。

ただ、このような経験は、自分の子供でさえ三人もいながらただの一度も経験したこともなく、娘の時にまさか立ち会うようになるとは思いもしなかった。しかし、無事に産んでくれて、孫の誕生と同時に、この上なく喜びもひとしおだった。

その娘が産んだ女の子は、最初の頃は哺乳瓶の初乳も飲んでいるのかいないのか口元からは判断できない。目は開いていても体の動きが悪く、呼吸をしているのかさえも分からない。やっと生きているようなガラス越しに見るＮＩＣＵ（新生児特定集中治療室）でぐったり状態の孫だった。

ということで、見るたびにハラハラドキドキの毎日であったが、しかし、一緒にいた妻は特に動揺している様子もなく、気持ちに余裕の欠片もなくなっている自分の狼狽《うろた》えた状態とは裏腹に、平然としてにこやかな表情で孫を見つめていたことには驚いた。

その時の妻に感じたことは、三人も子供を産んだ母親の強さは、こんなものなのかと、改めて自分と妻との心の持ちようを孫の誕生で知ることになった。

また、我が子を産んだ娘の表情は、安ど感でスッキリした表情となり、自分の子供を抱きながら見る穏やかな眼差しは、既に母親のその顔になっていた。

わずかな期間に二人の命の誕生に大地震も重なり、いずれにしても歴史的な体験となってしまった。二人の誕生日は月違いの27日の同日で、しかも日曜日であり、私の還暦を迎えた一月《いちがつ》のその後に、ポンポンと産まれてきた。

冒頭で述べたように、未熟児スタイルの頼りない二人だったが、自分の子供たちにも感じなかった生命力の強さだけは、二人を抱いた時に確信した。そして、会うたびに自分の心臓の鼓動が、孫たちにシンクロ?するかのような不思議な脈絡を感じだしていた。

この高鳴りは何なのか、初孫のために感じるものなのか、考えても分からないかもしれないが、一つは千年に一度といわれるほどの未曾有の歴史的大地震も起因しているのではないのか。

初孫の二人が生まれた年は、前述したように私が還暦を迎えた年でもあり、干支までが一緒となる。どのような巡り合わせなのか、双子のようにまさに手を取り合って生を受けたとしかいいようのない孫たちである。

この地震と自分の還暦に合わせたかのように生まれてきたことなどを考え合わせると、孫たちの誕生は単なる偶然ではなく、自分に対する運命そのもの。その結果、不思議な力が自分に与えられたような感情に支配され、喜びだけではなく、捉えようもない不安感までもが気持ちの中に芽生えてきた。

これから先どのような人生を孫たちと歩いていけるのか楽しみもあるが、果たしてどの程度の時間を今後に与えてあげられるのかも分からない。この孫たちの誕生をきっかけとして、子供や孫たちに、何か残せるものがないかと、そのドキドキ感からか、頭に浮かびだし、何か何かと探す日々になってしまった。

そして、この時にふと浮かんできたことは、常々書き溜めていた譫言《うわごと》のような感じでパソコンに打ち込んできたツラツラ綴りであった。これに書き足すことで冊子に残せれば自分としても、その薄い影のような足跡を見てもらえるのかなと思い立った。

　また、以前に田舎の役場で除籍簿を取り、それをもとに家系図をパソコンで自作し、家族と親戚一同に配布したことも、何を残すかを探す意味で、ヒントになった。

　そして、孫たちが大きくなって、社会人として踏み出してからでも「じいじが何か残してくれていたなぁ！」と振り返り、冊子を手に取って読んでもらえたら、それは至福感でいっぱいになることになるかもしれない。そんな気分も高まり始め原稿作りに向かった。

　とはいっても何か参考になるほどの生き方をしてきたわけでもなく、あえて特別なことをしながら歩いてきたわけでもない。自信が持てないところで、書き連ねることは、子供や孫たちに読んでもらった時に、この程度のじいじだったの？と落胆させることにも。と、かすかな不安もよぎりだしてきた。

　自分の貧弱この上ない容姿の背中でも、とりあえずは、見せられるものにしたい。それは、これまでの生き方にないもので、一歩を踏み出さないと、結局は孫たちに醜態だけを曝《さら》け出すことにもなる。このことだけは避けなければ、一緒の時間を生きている意味も価値もないと考え始めた。

このようなことは、孫たちが生まれる前は考えもしなかったことで、大地震と孫たちの誕生を結び合わせると、自分の人生の大きなターニングポイントになり、茫洋とした人生観だったものを変えなければならないと強く感じだしたことは確かだ。

ただ、これまでのものを卓袱台返しのように、全てを取り換えるわけにいかないのは自明の理だ。分かっていることは、この感情の高ぶりを冊子に仕上げることができれば、何かが見えてくるような気もしだしてきた。

とりあえずは、紙面に落とさなければ話にならない。とにかく、タケノコの節のように我が人生の一つの区切りとして、ハッキリさせるつもりで書き綴ることにした。

そして、この節目の出来事を綴る時、私は孫たちが産まれたことでじぃじに成り得たのであり、産まれなければタダのフケメン爺さんだったと気づいた。つまり孫の誕生と同時にじいじも誕生したことになる。

これからの人生は、じいじとして胸を張れる老人道を歩かなければならない。このことは先祖から与えられた私の使命なのだ。それを再確認し、生まれ変わったような錯覚さえ覚えた。まさに人生観も変わった瞬間といえる。

さらに、我が子供たちが社会へ出て自立し、その後しばらくしてから結婚し、今は孫も産まれ親としてじいじとして、それまで以上に重たい責任が、まとわり付きだしたように感じている。

ただ、親となった子供たちとその孫たちにしっかりと向き合うことがなければ、背中なんぞを見せられるものではないこともじわじわと迫ってきた。

その後、孫も段々と大きくなり、子供たちが家族で遊びに来た時に、孫の相手を当然ながらするようになってきた。と同時に娘や息子たちが我が子と接するのを見ていることで、昔の自分が子育てをしていた頃の思い出が自然と蘇ってきた。

その記憶の蘇りで、ここまで子供に接するような子育てを自分はしてこなかった、ということを子供たちからマザマザと見せつけられる結果になってしまった。

今更ながら情けないが、自分の子供たちから子育てを教わる羽目になってしまうとは、考えも及ばなかったことである。ある意味親としてとてもショッキングな出来事となってしまった。

その後は、来るたびに子供たちから重く受け止めさせてもらっている親となってしまい、本当に恥じ入る気持ちでいっぱいに。この気持ちは、子供たちには面と向かって話せないが、本を通してなら言える。「あ〜あ」と大きなため息を噛み殺しながら自嘲も伴った孫との日々となってしまった。

まさか、こんなことになるとは、努々《ゆめゆめ》思うこともなく、どうもこうもヤルセナイ気分にさせられている。裏を返せば、このことは自分が父親としてやるべきことを殆どやってこなかった証左だろう。

戒めと後悔と申し訳なさと、グチャグチャに意識が混濁したような孫守りとなっていることに「よっぽど酷かったんだなぁ」と正直な気持ちに。親として三人の子供に恵まれながらまともな子育てができなかった。

今更ながら振り返ってみると、子供の目線で見ることなく子供の気持ちを理解することをしていなかった。このことに尽きる。つまり、可愛がる気持ちがなかったという親として核になる部分が、欠落していた不適格な人間であったということになる。

ここまで詫び状みたいなものを書くと、子供たちがこの本を読んでどう思うか。ほんのわずかでもいいが、分かってくれるかと淡い期待を持ちながら……。しかし、無に帰するかもしれない。ただ、このように改める気持ちを持つきっかけになったのも孫たちであり我が子供たちである。

孫が産まれたことが条件で、見られた貴重なもの。今後もどのように気持ちの変化が起きるのか、今や人生の土俵際まで来ると、逆に次には何を見せてもらえるのか、少し楽しみなところもあり、そのことで救われる気分にもなる。これは気持ちに罪滅ぼし的なところがあるためかもしれない。

開き直っているわけでもなく、子供たちから何を言われても忍として受け止めなければならない。ただ、どこまで子供や孫たちが読み込んでくれるかは、甚だ疑問が残るが、面白おかしく読んでくれれば、それでも良い。

人生は「禍福は糾える縄の如し」とは、一括りで良く言った言葉である。禍福は人とのかかわりの中で、生まれてくるものであり、かかわりこそ人生そのものでもある。君たちにはまだまだたくさんの人生の伸びしろがあり、そのために経験することも盛りだくさんである。

人生には人を理解することも、逆に理解されることも難しいところがある。自分の毎日変化する感情をコントロールしながら、他人様と付き合いを重ねることは、面倒なことが多い。しかし、謙虚な気持ちで接すれば何とかなる。

人生は決まりきった生き方は存在しない。

生まれてきた以上は、その人なりの生き方があり、それはその人自身で決めるものである。そのためには、いろいろなことに挑戦し、経験することが大事なことと考えている。ぜひとも多くのことを体験してもらいたい。

祖父に見た祖父像

古希まで上り詰めた我が身からすると、遥かに霞見えるぐらいの昔話になる幼少期の頃であるが、夕食を母屋で済ませた後に別棟で隠居生活をしている今は亡き祖父母の所によく行っていた。

行った際には、玄関からすぐの障子戸を開けるなり必ず「今晩は!!」と言わなければ怒られる。幼少の頃なので、挨拶言葉であるとも知らず、怒られないようにするため、呪文の如く祖父の前では言わなければならない。

祖父と何か話があるわけでもなく、冬場の寒い時期なので暖を取りに行っていたのが、正直なところかもしれない。祖父たちの部屋は、障子戸を開けるとすぐに囲炉裏があって、自在鉤に鉄瓶が掛けられ、注ぎ口から湯気がゆるゆる立ち上り、とろとろした柔らかい火がいつも焚かれている暖かい部屋であった。

そのとろ火で膝小僧などを炙りながら、祖父たちの囲炉裏端の夕食を、ぼんやりと見ていることが常だった。ゆったりした仕草で、小さな卓袱台で食事を取っている祖父たちの姿は、子供ながらにもほっとする冬の暖かい時間が流れる光景であった。

その夕食後に祖父が、囲炉裏の熾火《おきび》を火箸で取り、刻みたばこを詰めたキセルに火を付けて吸う一服は、傍目にはとても旨そうに見えた。吸っていたキセルたばこは、一息吸う度に「ピコッ！　ピコッ！」と音を立てる。なぜ音がしているのか不思議だなぁ？と思いながらも、そのピコピコ音がおかしく、しかし、妙に耳に心地良く響いていた。

吸い終えると囲炉裏の淵でキセルの先をポンと軽く叩き、吸い殻を灰の中に落とす。そしてまたキセルにたばこを詰める。その動作を三、四回繰り返し吸い終える。今思うと祖父自身もピコピコ音を楽しみながら吸っていたことで、たばこの旨さを感じ取っていたような気がしている。

中学生の頃になると、祖父の髪の毛をよく刈らせられた。まず衣服のカバーとして、使い古して壊れたコウモリ傘の生地を外したものを頭からすっぽり被せて始まる。バリカンは、酷く切れ味が悪いもので錆びており、そのために、よく髪の毛がバリカンの歯に食い込むので、その都度歯を外して掃除してからまた始める。全てを刈り終える頃には手と腕が痛くなり、とても疲れてしまう。

この時に祖父の老体から発せられる老臭が今でも鼻腔細胞に残っていて、たまに思い出される。亡き母は、祖父の体臭は私にそっくりだと言っていた。言われるとそうかもしれない。ただ、そのことは孫としてしっかり祖父からの遺伝子を受け継いだ証になり、嫌ではなかった。

明治四年生まれの祖父は、厳格な人でもあった。父親が早くに亡くなったため、長男夫婦と母が四世代大家族の生活を農業で支え、家庭内での家訓的な、特に子供たちの躾に関することなどは、祖父が担っていたように思う。その一つが冒頭の「今晩は!!」である。

祖父は村議会議員を務めた後に、長い間町中《まちなか》の寺に住み込みで事務職を務めていた。その時は、寺の切り盛りをしながら住職に倣い、お経を唱えていたようである。そして隠居生活に入ってからは、夕食前に住まいの仏壇に必ず毎日お経を唱えてから食事をとっていた。

このことは仏門に携わる仕事をしていたことで、祖父の精神性に強く影響を与え毎日励行していたのかもしれない。極め付きは自分の子（父）が亡くなった時には、住まいの仏壇にまずお経を唱え、その後に母屋の仏壇に家族全員を集め、日々お経を唱えていた。

祖父の話を綴る時に外せない面白話を一つ紹介しておきたい。それは誰からかメロンをもらった時のことだ。もらい物はどんな物であっても全て仏壇に上げ（まず、仏様に上げるの意）てから頂くようにしていた。この行為は祖父に倣って母屋でも同様にしていた。さてメロンだが、いつものように仏壇に供えてからお経をあげ、その後に頂く。

と、誰もが思っていたが、一向に仏壇から下がることはなく、いつまでもいつまでも供えてあった。となると推して知るべし……。私もメロンなどを見るのは生まれて初めてで、いつ祖父から食べさせてもらえるのか、どんな味のするものだろうか、とか、いろいろと思いを巡らせてドキドキして、毎日仏壇のメロンを今か今かと待ちわびていた。

結局は、誰の口に入ることもなく、仏様だけにタップリと食べてもらったことになる。この時のショックは、自分ながら収めるのに大変だった。母なども「早く食べないと腐ってしまうのに！」と言っていたが、祖父にその声は届かず、つまり、あの世までメロンを届けてしまったのだ。

その頃はメロンを食べたという話などは、住まいの付近では聞いたこともなく「メロン！　メロン！」と、友達にも仏壇を見に来てもらいたいぐらいのワクワク感でいっぱいだった。がしかし、メロンは夢物語に終わった。このことは、自分には大きな事件であったために、心に焼き印が入り今に至っている。

このような祖父から教えてもらったこと、というより毎日の行いとして正されたものとして、食事は必ず正座して食べる、ご飯の一粒も残すことなく、たとえ畳に落ちても食べることがあった。「いただきます」「ごちそうさま」を必ず。とにかく食事は感謝して食べることを叩き込まれた。

このようなことを述べると、テレビの映像でも目にする名刹で修行している雲水のような日常と重なるところがある。人が生きていく上においては、食べることが一日のエネルギー源となり、自身の体を維持できる。この行儀よく食べる行為と感謝の心は、最も人間の尊厳となるものではないかと考えている。

今では自分にも子供や孫ができて、古希を迎える年になり、カウントダウンも聞こえてきそうな残りわずかな時間を生きている。そのため祖父の存在が色濃く思い出され、これらのことを教えてくれた祖父に、どれだけ今後近づけるか甚だ疑問符の付くところであるが、これからも影を追いかけていきたい。

趣味で狂人化

殆どの人が自分なりの野球やゴルフ、テニスやジョギングなど、とにかく何らかの趣味を持っていることだろう。趣味は運動系だけに限るものではないが、持つべき趣味にあるべき論を展開するつもりはない。

が、持つことで仕事では感じられない精神的な気分転換に大きく貢献し、人生の清涼剤になるものと考えている。もちろんストレスの解消には最適である。

ここから先は、自分の経験談に。生き延びる自信のない（一日一食のみ）私が、唯一自信を持って言えることが趣味の話である。

仕事は生きる糧として当たり前に誰でも就いている。ただ生活する上で非常に重要である仕事ではあるが、これだけを毎日毎日繰り返すことが果たしていいの?と、思うようになってきた。

私はそれまでは土日に車に乗ることしか趣味のなかった人間だったが、職場の同僚との趣味の話で、休みには汗を流すことも健康の維持のためにはいいかもしれないと、そのように考え出した。

たまたまその頃に妻がテニスを始めたため私も始めたのが大きなキッカケとなって、その後はテニス漬けの土日になり、しかもテニススクールを二か所も梯子する状態にまで熱狂しだした。

このことで、立派に狂人化してしまい、今思い返すとラケットからウエアから靴まで一通り揃えると、そこからテニス雑誌も何冊も買うようになり、その効果があったのかは未だに不明である。

さらにビデオでサーブのフォームまで撮り、その結果をチェックしながら極めて自己流の研究に打ち込んでいた。ここまでのめり込むとは、全く予想だにしない展開になり、もはやテニス依存症ともいえるドハマリ状態になってしまった。

今思うとラケットも何本買ったか分からない。ウエアも同様で、スクールまでも入れると、多大な金額を何年もつぎ込んでいた。あまり夢中になり過ぎたことで、土日に雨でも降るともう大変なことになり、多少の雨でもヌレヌレで壁打ちをしてしまう。テニスエルボーも無視状態のさらなる修正の利かない熱狂状態で、もはや誰も手を付けられない。

スクールでも夏のカンカン照りのコートに触ると火傷するぐらいの暑さの中で、コーチに右に左にボールを出され振りまくられた。しかし、それでも疲れるようなことは全くなかった。

スクールの二か所が終わっても、その後は壁打ちに出かける。そこでも暑く、一時は水四リットルを飲み干したこともある。素人が自己満足なことを盲目的にひたすら続ける全くブレーキの効かなくなった暴走体制になってしまった。

当時は真っすぐに向き合っていて、趣味の意味などを考えることは全くなかった。ただ何年も続けるうちに、ふと頭をよぎるものがあった。それは、どのような趣味でも車の両輪の如く、人生には仕事にプラスして必携のものではないかと考えるようになった。

さらに言えば、仕事のことが頭から離れない時などの立派な熔融剤となり得るもので、趣味に興じる時間だけでも仕事のこと（進捗度・同僚や部下との関係・業務遂行上の精神的ストレス等）を全て忘れることができる。

この忘れることがとても重要であり、一旦はリセットして、それから再スタートする。抱え込むストレスが全て悪なものではないがリセットと再スタートが切り替えられたことは、自分にとって非常に大きかった。「汗で忘却の彼方に」ということに。

ただ、ストレスの内容によっては、忘れたいのに忘れられないものもある。この辛く引きずっていた心の澱のようなものも、不思議と大汗をかいた後には、それまで抱え込んでいたものも、形が変容し和らいでいることが多かった。この感覚にも大いに救われた。

今では古希を迎え、あの暴走気味の狂人化した頃のエネルギーを、できるものならば、取っておけばよかったと、もったいない気分とともに悔いながらも、若き日の良き思い出となり、心身の逞しい財産となっている。

♪音楽♪って何？

自分の生まれる前と後の、母の声などを通して聴こえていた賑やかな音は、それは後の音楽としてのものだったようである。自分の耳と体で捉えられていたその音楽は、古希を迎えた自分の体幹に残響音として、しっかりと残っていた。

古希の今時分になって、自分の音楽観は、いつ頃どのように生まれ、その後にどのような変遷を経て、出来上がってきたのか。以前から疑問に思っているところもあって、記憶の糸を手繰り寄せ、探し出せるものならと考え、始めてみることにした。

自分が産まれてから、物心がつき体の成長とともに、母の姿を音楽の視点から捉える一番の印象深いところは、時折家で行われていた宴席での三味線の弾き語りである。傍らには小太鼓の甲高い音が、小気味よく合いの手を入れていた。

このときの母は、とても楽しそうにニコヤカに声を張り上げ酒席の花形を演じていた。その頃は、正月の大勢の来客のある祝いの席では、必ず母が三味線を弾いて歌うことが、常態化していた。もちろん踊り手も加わり、その賑やかな光景は、子供心にとても楽しくて、ワクワクしながら見ていた。

このような姿を度々見るにつけ、自分の音楽観は、産まれる前の母の胎内で胎教として自然な息遣いのように、取り込まれていったのではないのか、そして、そのまま大人の世界に溶け込み、ラジオなどで時折聴く歌謡曲なども素直に入り込んでいったような気がしている。

時系列的に考えると、以上のようなことになり、いわゆる音楽としての芽が出て、その芽から成長し続けた。そして、小学校の確か四年生頃に、ラジオから流れてくる「橋幸夫」の『潮来笠』の曲に、なぜだかハマりにハマってしまった。この現象は全く分からない。感性の一番深いところに触れてしまったとしか、言いようがない。それからは、ラジオから流れる歌も中学に入った頃より学園ソングの「舟木一夫」を始めとして「西郷輝彦」、「三田明」と続きだした。

その歌手たちの曲も好きになり、よく歌っていた。また、中学二年の時には、東京オリンピックもあり、多くの感動もさせられた。この時のファンファーレや選手団の入場行進曲も聴いていて、とても気持ちの良いものであり心に響いた。

この音楽好きは、遺伝的なところもあると思うが、兄弟の殆どが、その胎教を受けたため、歌を歌っても調子を乱すような一般的に言う音痴ではなかったように記憶している。結婚してからは、子供たちも連れて家族全員でカラオケによく行っていた。

カラオケでは、「橋幸夫」に始まり、「橋幸夫」で終わる。何が好きかというと、まず声に大惚れし、角刈りの着流しで歌う姿は、イナセで格好良く他の追随を許さないものであった。今でも母親譲りの音楽観の魂柱に、しっかりと刻み込まれている。

ただ、結婚前だったが、弟がアパートにギターを持ってきて、フォークソングをよく歌ってくれた。そのことで、自分の興味心が擽《くすぐ》られ、瞬間移動のように楽器店に走りギターを買い求めた。そして、仕事から帰り西日のスポットライトをタップリ浴びる夏には、獄暑の四畳半アパートで猛練習の日々を送った。

最初は、まずコード（Am・Dm等の和音）を覚えなければ弾き語りにならないために、難しい指使いもあったが、とにかく「弾き語り」に向かって一心不乱に特訓した。指先にマメもできたが一切構わず、懸命に専念し続けた。そのかいもあって、それなりにうまくなり、音楽雑誌を何冊も買い、弾き語りを毎晩続行した。

さすがにこの時には、「橋幸夫」の出番はなくなり、この一時期は封印させてしまった。とにかくコードを覚えてしまうと、弾けるようになることで面白くなり、「橋幸夫」どころではなくなっていた。

そして、簡単コードの『山谷ブルース』や『四季の歌』『旅の宿』などを歌い出し、少しずつでもできるようになると、レパートリー（と言えるかどうか）も増えだし、さらに拍車がかかり面白くなっていく。

揚げ句は、弟の結婚式で、とても人前で披露するようなものでなく、あくまでも西日育ちの四畳半ギターであったが、弟から頼まれたこともあり「♪飲めと言われて～…♪」拝借転用し「♪やれと言われてその気になった♪」の文句通りに、やってしまった。

ちなみにこの時は『関白宣言』であった。この行為は、恥を恥とも知らない若さだけで突っ走り、最初で最後の檜舞台となった。この時の写真を久しぶりに見たが、非常に羨ましいところが一つ、それは髪の毛だった。

このような時代の変遷を経て、音楽観が出来上がってきたと思うが、近頃は果たして音楽とは何ものぞ?と考えることが多くなり、分かるかどうかはともかくとして、老脳のボケ防止と思いどこまでいけるかは分からないが、とりあえず歩を進めることにした。

まず、音楽脳野《のうや》に、史的に刻まれてきた音楽のジャンルを先に紹介したい。前述したように十代から四十代に掛けての歌謡曲の部類。ニューミュージックといわれるフォークソングそして、クラシック音楽なども少しばかり聴いていた。なかでも歌謡曲は、高度経済成長期に国民の生活の中に溶け込んで、誰でも口遊む曲であったように思う。そのために自分でも好きな歌手のレコードを買って聴いていた。いわゆる昭和歌謡といわれるもので、昭和の終わり頃まで続いていたような感覚がある。

この時代にはカラオケなども流行りだし、職場の宴会では必ずカラオケをやっていた。

このようなことで、世の歌謡曲の時代が長かったために、音楽脳野に占める面積も必然的に多くなっている。

その歌謡曲の衰退しだした頃より自分の好みも変わり出し、それまで殆ど聴くことはなかったＪ－ＰＯＰなどは何なのかと思いつつも、そのメロディーに誘われてＣＤも買い求めて聴くようになった。つまり、レコードからＣＤに変わるように、好みも変わったといえる。

特にテレビドラマの番組の主題歌として使用されている曲などは、番組を継続して見ていることで刷り込まれ、アルバムなどを買ってきて聴いている。しかし、昔の歌謡曲は、コブシを使いながら歌う演歌やリズム歌謡が多かったが、今は全く歌い方が違ってきて、明らかに歌が進化している感じがする。

声も大きく伸びやかになり、曲も相当難しいものになっている感じもしている。おそらくカラオケなどで歌える曲でないことは明白だ。なかでも「いきものがかり」や、つい最近初めて聴いたが、「MISIA」などの女性ボーカリストは歌う音域もとても広い。

それにプラス、声の伸びやかさも抜群で、研ぎ澄まされた芸術的な感じもしている。近頃は、それまで一回も聴いたことのない曲にもかかわらず、スクッと魂柱に自動的に貼り付けられ、そのために、早速CDを買ってしまう衝動現象に悩まされている。

近頃のその衝動買いをしたものは、ショパンの『幻想即興曲』というピアノ演奏曲で、初めから何小節目か分からないが、それまでの曲調からガラリと変わるところがあり、そこからはそのメロディーに酔いしれて、空虚な気分にまでさせられウットリしてしまう。

特に初めての曲などは、メロディーが頭に収まるまで、リピートしながら聴いている。ただ、取り込まれたのは良いが、その後に突然頭に浮き出てきて、勝手にリピートされだす時がある。また暴走化が始まったかと、この現象も消えなくて困る時がある。

また、クラシック音楽の出会いは、中学時代に音楽の時間に聴いた『中央アジアの草原にて』であった。その曲はキャラバン隊が砂漠の遠くから現れて、段々と近づき通り過ぎて去っていくまでの光景を曲にしたものであると先生から説明を受けて聴いた。

確かにその説明の通りで、そのようにクラシックはというより音楽は作られるのかと、その時に思った。不思議とその一回聴いただけで、メロディーが頭に残り、曲名もしっかりと記憶されていて、このように綴ることができている。因みにこの曲は、ホルンが主役を務めていたように記憶している。

その後は高校の時に友達と映画を見に行った時に、映画で流されていたバイオリンのメロディーが透き通った音色を奏でていて、とても気持ち良かった記憶がある。あとでベートーベンの『田園』であると分かったが、この時の体験で、バイオリンという楽器が好きになったと感じている。

自分の音楽観だが、人が奏でる演奏曲や交響楽団の曲、そして、歌などの音楽で自分の好みに合ったものは、ジャンルを問うことなく、聴くようにしている。またCDで曲を聴くだけでなく、著名なサントリーホールなどにも足を運んで聴いてみたいと夢を膨らませている。

いろいろと聴いてみるのは、自分の感性が少しでも豊かになってくれれば良いかなと、淡い期待を掛けているからである。個人的には、音楽の世界は、新聞といい、人の対話といい、老脳への刺激効果が抜群なものとなっていると思う。

少し脱線気味になったが、上述したようにいろいろな曲を織り交ぜて、車のハードディスクに取り込んでいる。その数三百曲以上にはなるが、通勤途中での気持ちの解しに欠かせないアイテムの一つである。

つい最近は、テレビで懐メロの歌番組として放送されたもので、河島英五の『酒と泪と男と女』の歌いっぷりが、とても格好良く心に響いた。サックス一本だけのアカペラ状態であったが、素晴らしい感動ものだった。

それまでは、全く河島英五のCDを買うこともなく、ただ聴き流していた。番組では他にも久しぶりに聴くものがあり、歌から導かれるように、その頃を懐かしく思い出し聴いていた。しかし、河島英五の歌だけは別格で、感情が高ぶる歌であった。

その歌は、人間の男と女の悲哀を酒に絡めて、河島英五という人物像までを浮き上がらせ歌い込んでいるように聴こえた。そして、タマタマ入ったコンビニで、そのCDのアルバムを見つけて得意の衝動買い。車に録音後は、立て続けに全曲通しで三回ほど聴いた。

河島英五の曲は、自分の人生を酒に溶かしこんで、歌い紡いでいるようにも聴こえた。この歌い方などは、殆どのシンガーソングライターに共通しているような気がしている。河島英五の歌は、歌詞も分かりやすく、一番は曲が覚えやすいところが、とても気に入ってしまった。

脱線話を一つすると、一昨年倉敷市に行った折に、観光協会の事務局長さんと話す機会があり、局長さんが、自分としての今後は、「本物を求めていきたい」と言われていた。

この言葉は私にとっても金言となり、まさに河島英五の歌は人間の本質の内面にある弱さや辛さ悲しみを歌う「本物」さを、わずかこの一枚であったが、感じさせてもらった。

また、音楽の素晴らしいところでは、車に取り込んでいる音楽が自分のハンドルさばきとアクセルの踏み具合にも大きく影響していることを感じる時がある。

気分のいい時などは、アクセルも柔らかくなり、後ろから追随されても、殆ど制限速度の近辺で走れる。もちろんイライラと車に乗り込み走りだすと、その感情に振り回されるような時がある。

この経験は、多かれ少なかれ車を運転するドライバーには、誰しもあるだろう。車ほど感情がハンドルさばきに影響するものはないように思う。感情が高ぶりイライラ感が増しているときなどは要注意である（車は日常生活に欠くことのできない非常に便利なものではあるが、反面非常に危険な乗り物でもある。いつでも慎重な運転を心掛けたい）。

このような時こそ音楽の出番である。私の感触ではイライラ感を沈めるときの音楽はクラシックが最適だと思う。ビバルディの『四季』などはぴったりである。

バイオリン楽曲が好きなので必然的にそうなってしまう。

たちまちとはいかないが、徐々に高ぶりが特効薬でも飲んだみたいに鎮まりだす。全て取れてくれれば良いが、半分程度は取れるような感じである。飲める人はコーヒーでも啜りながら聴くと、さらにいいだろう。

このように音楽の効用は、薬に勝るとも劣らないところがあり、脳内物質のエンドルフィン（脳内ホルモンでストレスを緩和させてくれるらしい）をタップリと出してくれているように感じることもある。

つまり、音楽のジャンルを問わず、何でも車のハードディスクに取り込んでいると、感情の度合いに応じた選曲ができるということである。そのために選択肢が増え、その時の気分に合った曲が選べて効果も大きくなる。

結論として私の音楽観は、母の胎教で芽が出たことは確かであり、そこに原点があるといえる。そのために自分にとっての音楽は、生きるエネルギーを与えてくれるそれこそ転ばぬ先の杖のようなものであり、我が老人道をしっかりと支えてくれる良き相棒ともいえる。

世の中は絶えず様々な何らかの音に支配され、そのなかで我々は生きている。

とりわけ私にとっての音楽とは、感情のコントロールまで委ねられて気分が解される。音楽は、心にいつも取り入れたい「新鮮な空気」のような存在となっている。

フケメンの戯言

老を生きる。老けるということが、どういうことか。老けることで何をしなければならないのか。答えは出せないかもしれないが、継続して老を考えることでないと道は開けずただの老けた人間で終わってしまうと、危機的意識が芽生え出してきている。

四十代頃までは、髪が白くなっても老を意識することは全くなかった。それが五十代になると、老に対する不安感が、如実なものになってきた。老けることは、一種の障害として、これから体に堅牢に築き上げられるような気もしだしてきたこともある。

朝鏡の前で自分に対峙すると、その見るも無残な老顔に、若い時分からこのようになるまでの経過時間の記憶がすっかり抜け落ち、急に老顔になってしまったように感じる。この心境は浦島太郎の玉手箱の話が思い出され、洗顔のたびに不安感が増幅されてきている。

「人間は考える葦である」は、多数の明言を残している著名なパスカルという人の言葉のようである。とにかく生まれて死ぬまで人間である以上は、何事においても思い悩みながら考え生きることが、人間の人間らしいことかもしれない。

生きているからには、生きている意味を問い続ける生き方をしたい。考えられることは生きている証でもある。このように考えるのは、老に対する抵抗意識が強くあるためで、何もなければ、生きる意味さえも感じないまま日々を過ごす殆ど空蝉《うつせみ》同様の醜態化した老人になるだけではないかと思っている。

老とはかなり生が複雑に絡みあった輻輳《ふくそう》したもので、しかも解こうとしても所詮解くことのできない老であるかもしれない。しつこいが、今の考えられる時間があるうちに納得感を得るまで名言に従いたい。

老いると体も精神状態も当然萎え衰える。老とは甚だ困ったものである。どうしようもない老であるが、老を意識しだしたのが、前述したように五十代である。もっと早くから意識高く向き合っていれば、焦ることもなかったのでは、と後悔の念も少しある。

まさか五十代より不名誉な禿頭席《とくとうせき》に君臨するとは思いもしなかった。社会には髪の毛の抜ける人と抜けない人がいる。先祖様方からの遺伝情報にそのカギはあると思うが、男性に特徴的なことで女性にはほとんどなく、これはホルモンの影響ともいわれている。

この点だけは女性が非常に羨ましい限りである。女性は髪の毛が薄くなってきても自然な髪形でウイッグによる装いができる。もちろん男性用もあるが、見るからにそれと分かり、夏場はとても大変な感じがするので、自分は専ら帽子でカバーしている。

今後は、IPS細胞かES細胞の研究により、頭皮に毛根細胞の再生が行われるようなものでもできればと、水泡に帰するとは思うが期待をしているところである。しかしIPS細胞は、ようやく網膜剝離の治療や心筋などの再生医療に力が入ったばかりで、禿頭衆の期待値を上げるようなことにはなりそうもない。

　このように老は、まず首から上の頭（毛髪）や顔（シミ・皺・白眉毛・瞼の垂れ等）に外見的に表れる。本当は五体全てに表れてくるわけだが、その人を代表している顔、取り立てていうまでもなく、服などで覆われていない部分に老を見ることになる。

　しかしこのことには、いくら取り繕っても抗うことは殆どできない。カツラをつけ化粧をして着るもので装っても、その人のその人となりが顔に出る。誰しも老に対するわずかな抗いをその人の価値観で、老身をオブラートする。

　自分に置き換えると、残存する白髪を染めることに何年も費やしていた。その間も顔のシミなどは増えているような感じはしていたが、そのことよりも髪の毛にエネルギーを注ぎ続ける日々であった。しかし、この頃はこの程度の抗いが、最善の選択肢でもあった。

　このような個人的満足感の充足に、個人的価値観で継続していたが、この無駄と思える時間があったからこそ、その後の気持ちの切り替えができたということになる。つまり、外面的なオブラートよりも、後退化する老身には内面的充実度を高めることこそ必要と。

内面的な繕いで、老に向き合い老を生きることに繋がるような気がしてきた。安易に言葉だけを玩《もてあそ》ぶものではないが、これからは質実を少しでも高める生き方をしたい。希望としては質実に剛健が備わるような老に向かいたいと考えるようになった。

年相応な装いをしている人を見かけると、その人なりの歩いてきた人生を勝手に想像してしまう。良い生き方をしてきた人ではないかと、かっこ良さと同時に、称賛したい気持ちまでも湧き上がってくる。このような人には、生き方の見本を見せてもらっているような気分にもさせられる。

鏡に写し出された容姿は、現実問題として大きく切り捨てることをしないと前に進むことはできない。至極当たり前なことを理屈で説明するまでもなく、納得しない自分がいたことは、あまりにも外見的なものに拘《こだわ》り過ぎていたという性格そのものが邪魔をしていた。

諦めが悪いのは昔から筋金入りで、このしつこさに被害妄想も伴って、いろいろなことによく蟻地獄にはまり込み身動きできなくなる。いい加減にしたいが、脳裏に染み込んでいるために、どうしようもない。しかし、このような心象も一晩寝ると和らぐようになり、年を重ねてきたことで救われている。

このようなわずかながらでも心境の変化を起こさせたものは、平凡な暮らしのなかでも多少の経験を積みながら生きてきたということかもしれない。重要なことは、今生きているという大きな事実であり、内面的な充実を図りながら何をしていくのか、ということである。

これまでにも、退職後の老後の生き方としてヒントを探そうと、新聞やテレビなどの情報をもとに、いろいろな人のいろいろな生き方を見せてもらったが、基本とするところは還暦を境にするまでもなく、その人がそれまでに携わった生業をそのまま続けている人が多いことに気がついた。

それは、一般的に生涯を現役とする農業、林業、漁業を始めとしてフリーランスなどの職業に従事する人たちは、生活できるかどうかは別として、希望すれば生涯にわたりそのまま仕事を継続できる。一方のサラリーマンは生涯現役とはいかず、運良く再雇用される人もいるが、いずれは退職となり、その後の生き方が問題となってくる。

私も退職までの長い間をサラリーマンで過ごしてきた。本当の気持ちからすると、生涯現役で過ごせる農林漁業などの第一次産業の従事者が、とても羨ましく思えた時もあった。つまり、定年がないところが大きいが、自分の本意で継続するもしないも本人次第となるところである。

人生百年時代といわれ退職年齢は六十歳から引き上げられてはいるが、コロナ禍の社会情勢からすると、雇用関係を継続することが非常に困難な時代となってきている。私には百年という言葉だけが、大踊りしていて空回りしている感が強い。

このような厳しい世の中でもうまく世渡りできれば良いが、多くの人は路頭に迷うことにもなりかねない。現実的には、サービス業などは運転資金の確保も難しく、倒産や廃業に追い込まれている。政治的な支援策を継続的に講じなければ、国自体さえも維持できなくなる可能性すらある。

以上のことを総合的に考え偏見を覚悟して言うと、私が政治に一番望んでいることは、サラリーマンに限らず現役を退いた後、その後の人生を人として生き甲斐を持って社会に貢献できる生き方をしてこそ、人生百年時代といえるのではないかと。

いずれの職業の人たちも退職後の選択は、人それぞれの考えで、それぞれの責任を持って生活していくものだとする社会構造になっているように思えてならない。国を支える核となる働きをした後は、ご自由にどうぞと言われているようでならない。

住み辛い世の中では非常に困るのである。人生設計が国の有り様《よう》として政治的に世の中に組み込まれたレールが敷かれていれば、生涯を安心して暮らせることに繋がる。つまり生きていて一番不安なことは、先が見えない生活である。

このように、退職後もいろいろと考え不安を抱えながら日々を重ねてきているわけだが、そして、ようやく退職後の時間経過で、ボンヤリと浮かんできたものは、生き方の糧となるものは、人とのかかわりの中に、大きなヒントがあるように思えてきたことである。

それは簡単なアルバイトを続けながら、アンテナを張り続けてきた結果として退職後の約十年間の迷走期間にやってきた、東日本大震災を含めた度重なる災害の被災地でのボランティア活動である。

このボランティア活動は、自分の老後の生き方として生き甲斐となり、体が健康で続く限りは、挑戦し続けたいと考えるようになった。全国各地でささやかながらも経験させてもらったことが、生き甲斐に繋がってきたことは、非常に良かったと満足している。

このことから、本来ならば昨年の台風被害で多くの家屋の屋根瓦が壊れたり吹き飛んだりしている所の補修が未だに終わっていないため、居住県でもあり昨年同様に出かけていきたいが、現在はコロナ禍で動くに動けない状態になり、気持ちに焦りが募っている。

このような中で活動は、中止状態となり、専ら畑仕事で休日は体力維持に努めている。

ただ、いつも脳裏に張り付いている肝心要なことに、体の萎えがある。つまり、健全な肉体がなければ先々への一歩は踏み出せないということになる。このことは、生きる上で気をつけなければならない最も重要なことで、健康に勝る生き方はない。

これからしばらくは健康に関することを綴りたいが、私は、若い時分に生活スタイルが極端に悪かったために、胃袋を相当酷く痛めてしまっている。そのことで年に一、二回は胃袋が機能不全になり、食事もとれなくなる状態に陥る時がある。

今年もその機能不全に陥り、病院で毎日点滴を受けていた。その間の食事は野菜スープと栄養剤入りのパウチやリンゴジュースなどの液状ものをとり、胃袋に負担のかからない状態にして、機能不全からの回復を待つ日々を十日間続けた。

若い頃は一日三回の食事であったが、度重なる不健全な食事スタイルのため胃袋を悪くしてからは、三回から二回になり、今では一日一回の夕食のみの食事となっている。実に情けないことになり、このスタイルになって二十年ぐらいになる。自分でも生きていることが奇跡のように思え、殆ど基礎代謝ギリギリで生きているという、とても不思議な感覚がある。

こんな状態でも胃袋を手術したわけではない。ただもたれ感が強いために、食べたくても食べられない。本当は若い時みたいに丼飯をタラフク食べたいが、希望とは裏腹に貧弱この上ない病人食の毎日となっている。いや病人でもこのスタイルはないかもしれない。

そして、この間の体重は3キロぐらい落ちるが、その段階で不思議と止まる。一日のエネルギー源となる食事をとることが一時的でも遮断されることは、非常に困ることであり、点滴を打っている時に、このまま逝ってしまうのかなあと、ボンヤリ考えてしまう。

もちろんドクターにかかり、胃薬も処方してもらっているが、長い間薬を飲み続けるといい加減嫌になる。自己判断であるが、もともと薬は体にとって自然なものでなく、なるべくなら飲まないことで体が維持できれば一番良いことだと考えている。

このために今回の点滴生活では、なるべく自分の力だけで回復したいと考えて、それまでの薬は一切やめて、胃袋の具合を慎重に見極めながらゆっくりと、その回復を待つことにした。何とかなるのではという予感もしていたが、今では元に近い状態までになった。

一日の食事のなかでも夕食などは最高の気分で、しがらみなく食べられる一日で一番の美味しい食事である。食べるために生きていると言っても全く疑いの余地もない。なのだが、食べ過ぎが祟り、結果としてメタボ体になり、ジムなどに行きながら必死に身を引き締める人も多い。

しかし、この努力にあえて進言させてもらうと、経済的にも非常にもったいなく不経済であり、時間までも浪費しているように思えて仕方がない。食べ過ぎていることは過ぎている分だけ食費を使い、その後に代償として身を削ることにお金を使うことになる。

確かにジムなどは体力維持や向上などのために効果を発揮するものではあると思うが、メタボ体を絞るだけのものであれば、食生活を変えることを第一に考えた方が良いような気もするが、余計なお世話かもしれないかな？

今の時代は、食のグローバル化に伴って何でも好きなものを食べられる社会風土が築き上げられている。このために、ついつい過食をしてしまう。つまり、よくいわれている腹八分目の昔話よりも現在は腹六分目で十分であり、その方が過食を防ぐことに繋がるのではないかと考えるが……。

とにかく老体を維持していくことは、若い時に考えられないような、努力をしなければならないことだけは確かである。第一義的には食事の量や内容などの質を考えた食生活を心掛けることであるが、特に体からの危険信号は見逃さないようにしなければならない。

その危険信号とは痛みや痒みに関することであり、なかでも大きなサインとなる内臓などからの痛みには、手早く対応する必要がある。様子見はリスクを封じ込んでしまい、手遅れ状態となることを覚悟しなければならない。とにかく早めに対応することである。

老けることとは動きも悪くハイリスクな体になり、生活上のいろいろな出来事に関する判断力も鈍くなる。一時的なものではあるが、健忘症のようなことは毎日起きるようになる。

このような事象も私は体からの危険信号と捉えていて、このことをしっかりと自覚することが日々の生活に結びつくものと考えている。

先ほど述べた痛みに関することも自分の判断力の問題となり、ついつい足が遠のく歯痛などの治療は食べることに直結し、健康維持にも大変重要なことと認識しなければならない。

以上のことから言えることとは、早めに行動を起こすことが大切であり、まずはかかりつけ医に行くことを優先しなければならない。早めの特典は治療も早く終わり痛みも少なく、治療代も少なくて済む利点がたくさんあることである。若い頃は風邪などを引いた時でも回復が早かったが、老体は長年の生の営みにより、体細胞も古くなり、免疫力も低下してきているようで、回復力も非常に遅くなってくる。この回復力が遅いということは、とても重要なことと認識していなくてはならない。

自分では歳を重ねているが、心の状態は若い頃とあまり変化している感じが不思議としない。このことは、自分の経験則では危険なこととなる。つい最近に、大ケガ（重体化）に繋がることも予想されたケガをしたことで認識したことである。

個人的にはその行為に危険を冒しているという感覚がなく、いつものやり慣れたことであったがための失敗であった。つまり、それまでに何回も行ってきたことで、慣れのために気をつけることが疎かになり、結果としてはケガに繋がったということである。

このために、自分なりに学習したことは、慣れでケガに繋がることが、老体では非常に多くなってきているということである。車の運転にも同様なことを感じる時があるが、結論としては憶病になるということが必要かと思う。

憶病になることで、ある程度のケガや事故は防げると考えている。つまり、一つの自分への危険信号を鋭くするということに繋がるような気がしている。生きるための術ともいえる。生きる上ではあまりにも予想外の出来事という想定外が多すぎる。

そのために自分なりの触覚のようなものになる肌感覚を鍛えることを考えて行動すべきと思っている。

最後になるが、そもそも老に対峙することは、紛れもなく自分自身と真正面から対峙することである。そこでは逃げることは許されず、しっかりと自分の老を捉えなければならない。その後の人生を少しでも豊かに過ごすためには、絶えず脳をフル稼働すること。

冒頭でパスカルの名言を引用させてもらったが、この人は哲学者でもあり、数学者でもあったようである。推測の域であるが、分からないことはとことん問い詰め追究する人ではなかったかと。哲学という学問は、人間が人間たる最も真に迫る学問かと思っている。

私には、「そもそも何？」ということを自問する時がある。問い出すとそのことを考え続け、まさに蟻地獄にはまることになる。これも個人的な所見であるが、このことを癖にしていると、少しでもボケ防止になるのではないかと、勝手に思い込んでいる。

老けることが悪のような書き方になったところがあるかもしれないが、若者のパワーには負けても、いろいろと多様な経験を積んできたフケメンたちは、知力では負けないと力説したい。これからも自分で探し出すフケメンなりの老人道を究める努力を続けていきたい。

妻への一言

これまで独断専行型の亭主によくぞ付いてきてくれたと思う。振り返ると毎日の食事や洗濯の家事から子供の育児、就学、進路、就職、さらに同居した実母の世話から介護まで家庭内の殆ど全てのことを一人でやってもらった。

その点、自分勝手な我儘な亭主は、何事にも「何とかならないか！」の連発であった。食事の量と味に「何とか……」もっと子供の躾を「何とか……」とにかく言いたい放題の亭主であった。

このような過去を振り返ると、家庭内の自分の存在価値はどのように家族の心に捉えられていたのか。特に子供目線からこの父親としての点を見られると甚だ自信が持てない。

これまで殆ど家庭を振り返り見たことはなかったかもしれない。休日に車で出かけて、子供を連れての買い物やレジャーに、どこの家庭でも見られる普通なことをやってきたつもりであった。が、肝心要なところが抜け落ちていたように退職後に考えだした。この点を反省の意味を込めて、これから綴りたいと思う。

昨年の退職後より夕食を作り始めた。洗濯も始めた。とりあえずは十か月目に入っている。最初の頃はいつまで続くかと思っていたが、ここまで来てしまった。

それまでは、妻が妻として母親として、一日三回すべての食事を作り、しかも子供が生まれ学校を卒業し、就職した今日のこれまで、何十年もの間ひたすら作り続けてきた。

そのことを当たり前として、作ってくれた食事を食べてきた。がしかし、自分で作り始めたことで、それまで考えもしなかったことが、いろいろと浮かんできだした。

まず、何を作るか決めなければならない。決まったら極めて貧乏性なため食材も安価なものを探す。見切り品の棚、赤札の付いたもの、さらに一品ごとを買い物籠に収めながら概算額を頭に入れ、食材を買い求める。

このことを日々継続しなければならなかったことを考えると、食材は焼くか、煮るか、揚げるか、炒めるか、生のまま、というこの繰り返しを毎日行わなければならない。

始めた頃は、何かの料理らしきもので、食べられるものであればという低落な哲学を持って作ることを日課にしていた。この書き方で私の料理内容の説明は全くいらなくなる。

しかし、作り続けるうちに、料理を作ることは生命維持になくてはならない行為であり、生きているということを食べることで証明しているようなものである、ということに気づきだした。

毎日同じことをひたすら繰り返すことが、どんなに大事なことか。身の回りを見回してもそれらのことが、どんなに多いことか。朝日が昇り夕日が沈むまで、どれだけいろいろなことが世の中に起きているか。

あまりにも当たり前過ぎて、日々の繰り返される当然の事象のため、目には入っていてもあえて考えなくても良いことであった。朝起きてテレビを点ける。窓を開ける。鳥が鳴いている。風がそよぎ、木々が揺れている。

このような当然なこと、いや当然ではないということまでも気づかされた。日々の自分の生活スタイルが変わったことにより、呆然と自身に湧き出てきたものである。

毎日夫婦に子供三人を含む家族五人分の食事を作ることを妻に依存し、何ら違和感なく日々の営みとして看過することが、それまでの自分のスタイルであった。そして、ふと頭をよぎったことがある。一般的には自分が、家族を維持するために働き稼ぎ、大黒柱と言われ、そのつもりでいた。がしかし、そうは見えても実際は違うということも気づかされた。

つまり、母親である妻が家の核となり、大黒柱であり続けた方が、一番安定した家庭が築けるのではないのか。そのことに遅まきながらにわかな主夫体験で分かってきた。

とにかく主婦として、家族のために日々食材を買ってきて料理を作り続けてくれた、そのことを当然として私は受け流し、その意味することも考えていなかった。

だが、立場が変わることで、いろいろと分かってきたことが数々ある。真似事でも主夫業を続けたことで、貴重な経験をしたことになる。

また、このことで妻に対しいろいろ注文を付けていた自分の我儘さも逆に知ることになってしまった。さらに自分の作る料理に対して妻から注文が付いたらと思うと、とんでもない展開までも見えてきた。

今となったら笑うしかないが、主婦は大変なのだなあというところが本音である。立場が変わると、全く予想だにしないことも考えさせられるものだと、改めて思った。

よく妻は子供たちと一緒に料理やお菓子なども作ることをやっていた。単なる手伝いをさせていると、その時は思っていたが、子供たちにも包丁を持たせて、ケーキや料理を作って一緒に食べることは、出来合いものでは感じ得ない食育となっていたような気がする。

まさか食育まで考えさせられるとは、思ってもいなかったが、そのことが見えてきた。また、母親が料理や洗濯や家事をすることを子供たちに見せたり、家事を手伝わせる何気ないことでも、家庭での小さな躾に繋がることになっていたような気もしている。

このようなところから自分の子供の頃に当てはめると、母親としての家庭内での存在感は、父親よりも数段大きかったように思う。また、母親は特に学校から帰った時などに、出迎えてもらうとホッとする気持ちを抱かせる存在でもあった。

結婚して子供ができたことで、妻としてよりも母親としての存在価値が家庭内ではとても大きいものだとつくづく考えさせられ、そのことが子供を育てる上で、核になり得る存在でもあると今では考えている。

このようなことを考えさせられる毎日になると、家庭での存在としての父親は、脇役として妻をサポートする存在であるべきであり、その方が家庭環境としての収まり方も自然なように思う。

外の仕事は夫が担い、家庭内は妻が担うということはあまりにも定型化したことなので、考える余地もないものと思っていたが、わずかな間の主夫業で気づかされたことや勘違いしていたことが良く分かった。

大きく錯覚していたようである。自分も人の子として生まれ、両親に育てられてきた。しかも歴史的に立派に男尊女卑を至極当然とする南国で育てられた。洗い物の洗濯樽も別、物干し竿も別、風呂の順番も男が先などの完璧な男尊女卑という社会風土の中で育てられた。そのために、何でも男は先となり、女は黙って男の後に付き従う主従関係であった。

このような環境で育ったために、どれだけ女性が虐げられてきたものか。この社会風土は、女性が懸命に従順に亭主に尽くすことで成り立っていたものであり、亭主が偉かったものではない。

また、このことは女性の貢献がなかったら全く成立しない家庭環境である。自分も結婚してからの風呂は先に入っていた。そして子供が産まれ家庭環境も子供中心になった頃より、親になったことで、心に変化が生じてきたように記憶している。

結婚し子供ができたら、社会的責任の下に二人して子供を育て上げるのが家庭である。このことに全く疑う余地はないが、果たして自分はどうだったのかと振り返るように考えると甚だ自信がなくなってくる。

若い頃は謙虚に男女のこと、つまり性差について考えたことはなかったが、歳を重ねてきたこともあるが、とりあえず謙虚さを持って一人で考えると、家庭にいる時間が増えたことで、男の意味や女の意味、夫婦の意味さえもなぜだか考えだした。

テレビや新聞等でもよく目にすることであるが、母親が元気に振る舞っている家庭は明るく輝いている。つまり家庭での仕切り役は、母親である女性が核になり、その方が家庭環境として確実に毎日が好転する。これは私の信念の核になっている。

結婚は、親も生まれた環境も違うもの同士が夫婦となった形である。さらに言えば、性格も価値観までも違う。しかし違う者同士でも何かしらの言葉に尽くせない二人だけに与えられた運命の下に結婚できたのではないのか。

このように考えているが、結婚しても性格の不一致で離婚という話もよく聞く、時代は変わってもどこにでもある残念な話である。しかし、喧嘩はしてもお互いに還暦を過ぎて歳を重ねると、変な表現のしようもない縁を感じる時がある。

この不思議な縁は結婚したことで出来上がったもので、長い間一緒にいる中で築き上げられたものである。今更ながらとなるが、人生において結婚とは、とても大きな出来事であり、二人の人生を大きく揺るがす出来事であったように考えている。

このように考えだしたのは、自分のルーツを探ることでもあったが、家系図を作るために田舎の役場で除籍簿を取り、パソコンで手作りした時に、その不思議な縁を強く感じ、まさに衝撃が走った。

その除籍簿は、時代の制度的問題で文書として、自身を含め五世代までしか存在しないため確認できなかった。そのために実家の菩提寺まで問い合わせてみたが、そこでも歴史が浅く、手掛かりがなく潰えてしまった。

しかし、それでも完成した一面に表された先祖様方の代々の名前に、遥かなる悠久の歴史に思いが馳せられ、皆様方に出会えて良かったと満足感でいっぱいになった。また、この血縁が一つでも切れたら自分の存在もない不思議なえにしを感じざるを得なかった。

この系図から考えさせられたことがもう一つあって、それは今生きている人たちは歴史的に見ても、男女の結婚によってそれぞれが産まれてきているわけで、その結婚にも不思議な見えない力が働き結ばれた結果ということである。

現在では、あまりにも離婚を軽々しく考えている傾向が非常に強い社会的印象を受けている。たまには、なぜ自分たちは結婚できたのだろうかと、出会いを振り返ることも必要ではないかと思う。

結論として言えることは、二人して子供を育てるということは自分たちの夢を育てることであり、究極は子供を育てているつもりが、実は親として人として、子供たちに育てられていることが結婚でもあると。

作家の平塚らいてう女史が「元始、女性は太陽であった」と『青鞜』の一節で言っている。六十路過ぎて遅いのであるが、妻の偉大さがようやく分かってきた愚亭主である。お互いに老けゆく身でありながらも、妻にこれからも家族の太陽であり続けてもらいたいと、切にお願いするところである。

メダカの水槽楽団

このタイトルにしたことで、久しぶりに聴いてみたいと思い、おそらく六十年以上も前になると思うが、小学一年生の時に習った『めだかの学校』をパソコン画面で、ソ～ッと覗いて聴いてみることにした。

そして、その歌を口遊んでみたが、三番の歌詞が「♪水にながれてつーいつい♪」となっていた。そうだったのかと聴くまで、そのような歌詞であったとの記憶は、抜け落ちていて「すーいすい」ではなかったのか?と。

しかし懐かしかった。

メダカといえば、田舎育ちの身となれば、幼少期の遊び場の田圃で、よく見かけていてまさに歌の通りであったのだが、それを掬って持ち帰り家で飼うことは殆どなかった。群れているメダカたちが、ピチピチ元気に泳ぎ回るのを見るだけであった。

さて、我が家のメダカたちだが、ベランダの水槽にやってきたのは一昨年の夏である。このメダカは甥っ子からもらったもので、20匹くらいは、いたかもしれない。常々飼ってみたいと思っていて、いわば強制連行で移住を余儀なくされたチョッと可哀そうなメダカたちである。

そのメダカたちの楽団員を紹介すると、テレビで人気メダカとして見たものであったが昔の田圃メダカと違って色が豊富で、銀色やシラスのような白色なもの、朱色のヒメダカそして真っ黒なものなど。とにかく色が豊富で身綺麗なメダカたちであった。

これは魅了されて当たり前と納得感タップリに飼い始めたダーレが生徒か先生かのメダカたち。そのメダカたちも最初は水槽の一ケースだけであったが、もらってきた年から卵を産み始め今では四槽になっている。

子供を増やしていくことも楽しいし、癒しの対象としては、余魚をもって代えがたし、といえるほどに小さくてもその存在価値の高さは、飼いネコの比ではない。しかもあまり手が掛からないところも大きい。

まず、一日のエサやりの時だが、全体の動きを見ながら元気度をまずチェックし、その後にエサを一つまみしてパラパラと水面に散らす。その後に癒しタイムをセットし、座り込みながら呆然と不動の姿勢で眺める。

この不動の姿勢は、傍目にはベランダの変な置物にしか見えないかもしれない。その親メダカたちも最初の一、二年は、卵もたくさん産んで子供たちを増やしてくれて喜んでいたが、三年目を迎えた今年辺りから、数が極端に減ってきてしまった。

どうもおかしい？　何かあったのかなと思っていた矢先に、いつもの窓際で新聞を読んでいるとタマタマ鳥がベランダに飛んできた。

自宅のベランダには、ヒヨドリやスズメや名も知らない鳥まで、落ちている筈もないが、エサを探しによく尋ねて来てくれる。

しかし、いつもベランダの床や手すりに、こびり付く落とし物をしていくため、そのたびに掃除をしなくてはならない。鳥は昔に文鳥などを飼っていたことで、嫌いではなかったが、落とし物をしょっちゅうするために、少々困っている。

その鳥たちなのだが、もしかして水槽の水飲みついでに、主のいない間を見計らって、お腹を楽団員でタップリ満たして、帰っているのではないかと思い、その鳥たちに、癒しメダカを食べられたと思い、あらぬ疑いをかけてしまった。

そしてその後に、いつ来るかも分からない鳥を待つことになり、いつもの窓際の床に陣取り、新聞を読みながら、その時を待った。しかしながら「待てど暮らせど来ぬ鳥を……」の心境で待ったが、察しているのか全く現れない。

見張り時間は、仕事合間の時間だけに限られるために、なかなか会えない。ただただその時をひたすら待つしかない。そして忘れていた頃に、何かベランダから鳴き声がしたため覗くと、ヒヨドリが一匹来ていた。

そしてカーテン越しに静かに見ていたが、何かを見つけて啄《ついば》んだ後は、飛び立ってしまった。しかも水さえも飲むことなく。そういうことかと、この捜査はここで打ち切り、それからは疑うこともなく、この段階で鳥の犯人説も消え、白黒の決着がついてしまった。

このこともあって、ネットでメダカの寿命を調べてみたところ、大体は飼育環境で三、四年らしいことが分かってきた。つまり、メダカたちが自然な形で、旅立ってしまったということである。生あるものは、いつかは訪れるものであり、諦めざるを得なかった。

また、メダカたちを毎日見ていることで、分かってきたことがある。それは生きるためには食べなければならないこと。危険を感じたら逃げること。子孫を残すこと。この三点が、メダカたちの生き方になるのではないかと考えた。

単純な括り方であるが、もう少し補説すると、エサやりに水槽に近づくと、メダカたちはすぐ水草の下に一旦は隠れる。そしてエサをあげると、しばらくしてから一匹二匹と少しずつ出てきて、私がいるにもかかわらず、エサを食べだす。

たぶん、身に迫る危険を察知するためだと思うが、ササッと逃げる。このことがまず、第一の選択肢になる。反射的な咄嗟の行動といえなくもないが、他の魚類、いや動物の世界も人間も同様の行動をとっている。

話を戻すと、エサやりを毎日続けていると、このようなことが分かってくる。ただの置物に徹していると、何も見えてこないが、毎日何を考えているのかと見続けると、分かってくる。というより教えてもらっている感が強い。

このメダカも昨年に孫の夏休みの自由研究に最適と考え五匹ぐらいをあげてみたが、水槽が小さ過ぎたようで、あえなくダウンしてしまった。そして、今年こそと思い再度挑戦させようかと思っていたが、コロナ禍で身動きできず今回もあえなく断念することに。

メダカには、飼育ポンプもいらず、水槽の水は減った分だけを継ぎ足しするだけ。水も汚れた時だけで、殆ど取り換えなくて良い。つまり、劣悪な環境でも生きていける。この逞しい生命力は羨ましく、この点だけに限っては、メダカに大きくあやかりたい。

また、昨年はそうでもなかったが、今年は卵の産む量が半端なくすごい。増え過ぎても困るために、どうしたものかと考えた挙句、自然にまかせることにした。つまり、ホテイアオイの水草に産み付けた卵を、そのまま放置しておくと、メダカたちは自分たちの卵を食べてしまう。この習性は他の魚などでもある現象で、珍しいことでもないらしい。

卵も水草の根っこに植え付けてくれるために、一回ぐらいは、卵から孵化する誕生の瞬間を見たいと、リビングの出窓に小さな水槽を置き、妻と代わる代わる見ていたが、なかなかその時は見られない。

いつもゴミかと見紛うぐらいの稚魚が、チロチロと泳ぎ出してから見ることになる。近頃は、今年生まれたチロチロたちに、エサをあげようと水槽に近づくと、十匹ぐらいが寄ってくるようになりだした。

これまでは、水草の下にすぐ隠れて出てこなかったが、ようやくチロチロたちが、ラブコールを察しだしたのかな？と思ってはみたが、単なる「メシメシメシー！」だったのかもしれない。

このように小さな命の楽団員も、活き活きとして逞しく育っている。生きるエネルギーも強く、生態からいろいろと見えてくる発見や生き甲斐まで与えてもらっている。短い命と感じながらも、小さくて可愛いピチピチ・チロチロな我が家の先生たちである。

世の中と私

少しだけ哲学模様な話と言葉の妙

どこまで不思議な生き物かという感覚に囚われることがある。それは人間とは一体全体何物ということである。なぜかそのことに立ち止まる時が多くなってきている。

自分の形を持たないアメーバのような心を持つ極めて摑みどころのない生き物ではないかととりあえず仮定している。しかし、考え出すと余計に分からなくなり、いつものように、脳内に一時保留することになる。

このようなことは、年を重ねたことと、自分の性格的なことによるものだと思うが、人間の行いとして許されない行為を見聞きするたびに人間とは何物という疑問文が、頭に浮遊してくる。

例えばテレビを見ていると、痴話げんかがもつれて殺人事件になってしまう報道をよく目にする。殺人まで犯すには、それまでの時間の中で当事者たちにしか分からないいろいろな出来事があったと思う。

しかし、殺人は理由の如何にかかわらず、全く理解のできない行為である。よく非道なことができるものだと不思議でならない。殺人はその後の人生に決して元に戻れない終止符を打つことになる。親戚縁者まで巻き込み社会的にも大きな制裁を受けることになる。

殺人者は、その行為によって多くの人を傷つけてしまうことを考えるような精神状態でなかったことは否めない。殺すという意味さえも本人には全く分かっていなかったということになるかもしれない。

殺人事件の報道を見聞きする時に、人生を終わらせてしまう人間の行為に自制心も働かず、殺すことだけの選択肢しか本人に解決手段がなかったのかと。特に考えさせられるところは、殺人の前にできたたくさんのことがあったのではないかということである。

犯罪心理学という言葉を聞いたことがある。犯罪や犯罪者の心理を研究する学問のようである。私のような偏見論者からすると「人間とは何か」という宇宙に絶えず向き合っている学問とも解され、人間をひたすら研究する学問とも受け取っている。

殺人事件はこの他にもたくさんある。子供の虐待死、金銭トラブル、強盗殺人、介護疲れ、とにかく多過ぎる。いずれにしても殺人は絶対にあってはならない。その最悪な人間の行為に人間の悍ましさが胸に刺さる。

近頃は、自分でも自身の存在に何者なのかと自問自答する時がある。その答えは変とか妙とか狂とか奇の言葉で括られる。つまり、おかしいことだけはよく分かる。

このように自分自身を客観的に捉えられている間は、まだ正常に老脳でも機能している状態であると考えながら安心しているところでもある。

極論は否めないが、人は誰でも自分のことは、性格と感情の動物ぐらいにしか分かっていないのではないかと思う。偏見論者からすると以上のように結論付けている。

結局は人間として明確なことは、人として生まれたことで、その姿かたちが紛れもなく本人であり、中身については誰も分からないのではないかと勝手な解釈をしている。

根拠もないことを薄っぺらな分析で怒られるかもしれないが、このように考えている。

たまに哲学的な答えの出ないことに挑戦すると、当然壁にぶつかり身動きできなくなるが、それはそれで面白い時がある。

ただ、眠れない時などには、考えるほどにグルグルと思考回路がリピートされるように働き、却って眠れなくなってしまうので困ってしまう時もある。

このように、無駄は無駄でも考えをいろいろと巡らせることは、個人的には有益なことかもしれないと思うようにもなってきた。このことで他人に迷惑をかけるわけでもなく、とにかく我思う故に……式にボーッと考えている。

先ほど人間は宇宙の存在と記したが、果てしなく広がる宇宙と同様な思考回路を持ち合わせている人間はある種の宇宙人と解すれば、変に理解できるような気もしている。

ここまで来ると偏見さも極限を超えてしまうような気もするが、個人的にはこの見解でまとめておきたい。しかし、哲学者は宇宙の果てに近い、光の届かないようなところまで、人間の本質を見極めようと日々研究しているかもしれない。

が、それはともかくとして、私のような偏見論者は、晴れた夜空にキラキラ輝く星々を綺麗だなぁと眺めることで、いろいろな思いを巡らせながら人生を織り込んでいる老体で十分かと思う。

つまり、肉眼で見える範囲の世界に喜びを感じる程度の人間で生きていければいい。あとの宇宙の深淵なところの哲学話は、その途中経過でも聞かせてもらえれば十分なものと考えている。

この人間を考える時に、忘れてはならないことは、人間は言葉をもって相手と意思疎通を図る動物であるということである。この言葉に良いことも悪いことも全てが含まれそのことに一喜一憂するのも人間である。

その言葉の妙を少しばかり述べたいが「目は口ほどにものを言う」とか「目は心の鏡」など、目を用いた諺は多い。今時は目力も入るかな。

人は話す時に相手の目を見て話すのが普通である。たまに目を見ないで話す人もいるが、逸らされると話の内容よりもその方が気になってしまう。なので、その逸らされた目線の先に顔を持っていきたい時も……。

とにかく対面し話す時には、口で喋りながらも目でも喋っている。つまり言葉が口から発せられるたびに、その語調を捉え、目が微妙な変化を見せる。人間の場合は、表情筋が豊富なためだと思うが、心が顔の表情となって表れてくる。

その目と顔の変化で相手の機微を感じ取り、それぞれの思いが交換され話が成立する。人と人とが話をするということは、面倒な言い方をすると、このようなことになるのではないかと思う。


人が人たる所以は、「話すこと」であり、言葉をもってお互いの意思疎通を図ることができるのが、人間としての最大の人間らしいところではないかと思う。

人が人として生きていくためには、どうしても自分の思いを相手に告げる手段としての言葉を発しなければ、会話にならないし、当然ながら何も成立しない。

しかし、その言葉遣いによっては、人を傷つける場合も多々ある。逆に元気づけられる場合や癒される場合も多々ある。いずれにしても言葉は、問題を生み出すこともあり、問題を片づけることも言葉そのものである。

つまり、言葉には是もあり非もある「もろ刃の剣」といえるものではないかと考えている。言葉の魔力というか、武器にも守りにもなる言葉は、時代に世代間に関係なく、いつでも慎重でありたい。

世の中には、いろいろな人がいていろいろな考え方を持つ多くの価値観の違う人がいる。そのために社会が構成されているといっても過言ではない。

自分の常識は、相手には非常識ともいわれる。相手の理解を得るためには、話の内容によっては、忍耐強く言葉を交わし続けなければならない。

ただ、それでも話に結論が出るとは限らない。人と話すことは、相手を理解し相手にも自分を理解してもらわなければならない。このことには、自分も相手も大きなエネルギーを使うことになる。

人間として話す言葉があるために、人間社会が複雑怪奇なことになってきたのではないかと考えることもある。が、しかし人間として言葉を話すために数々の文明の発達を促し便利な世の中になってきたことも疑いのない大きな事実である。

良いことも悪いことも、言葉に尽くせないほどのいろいろな清濁併せ呑むものが人間であり、それこそ宇宙的な広がりの可能性を秘めているのも人間であると、この原稿を綴りながら結論めいたものが見えてきたような気がする。その希望としては、生き物の源泉である地球の永遠の守り人であってもらいたいと思う。

新聞の右に出るものは？

新聞が好きだ。なぜかというと性格にぴったりであるということ。つまり、多種多様が好きということである。新聞は一面から最後の社会面まで内容が豊富で内政から国際関係・金融から経済・読者欄・福祉・教育・社会面・地方版・特集記事など多彩に読める。

新聞に掲載される記事は、社会現象のごくわずかな出来事を取り上げて掲載しているものであり、氷山の一角を掲載しているいわば社会の縮図そのものである。この社会の一片を知ることが、自分の気持ちの安心感に繋がるために読んでいる。

新聞は毎日読まなければならない位置づけとなっているが、仕事を少しばかりしていることで読むことが疎かになり、土日でまとめ読みになることがよくある。

読みだしたら四時間から五時間ぐらいは読んでしまう。しかし机で読むことはなく、南側の窓際の床に座して読みふける。以前は座右に語彙の豊富な国語辞典を置き一緒に読んでいたが、今はタブレットが、辞書替わりを務めている。

しかし、なかには読んでいて内容がよく分からない記事に出会う時がある。何回読んでも???となる時は、新聞社に電話をして確かめることもある。全てではないが分からないまま済ませることが嫌で、つい電話してしまう。

記事によっては専門的過ぎて、分からない時があるために、新聞社から取材先の連絡先を聞いて、その記事について教えてもらう時もある。こんなことをしながら読んでいるために、とても時間がかかってしまう。

また、以前から座骨神経痛のために本当は痛くなり出したらやめた方が良いのだが、読み方の体勢をあれこれと変え、たまには四つん這いのまさかの体勢までして読んでいる。

しかし、どうしてもそれでも我慢の限界が見えだし、その痛みのマックスで読み止めすることになる。その後は借りている畑に出かけ、野菜と雑草の楽しい対話に入る。

近頃は、この日々の積み重ねで得られるものが、わずかながらも自分の老脳に、シミほどの知識として蓄えられてきているような感じがしている。このシミのせいだと思うが、人との話には殆ど付き合えている。

また、人を選ぶことなく誰とでも話せる引き出しが増えたような気もしている。いつ頃からかは分からないが、とにかく話好きになってしまっているところがあり、妻と同伴の時に相手と長話になり、よくそんなに話せるものだと言われているが時間の自覚がない。

相手と興味のある話になると、自分の知らないところの話がたくさん聞けることになり、その人となりに加えてその人の人生までが浮き出てくることもある。このようになる時は、ほとんど男性同士の会話に限定され、馬が合うほど面白くなり、お互いに時間を忘れて話し込んでしまう。このために初対面の人でも我を忘れ話すことに夢中になってしまう。

基本的に話は、その内容に深掘りできるほど楽しくなる。特に専門機関などは深掘りの対象施設で、理化学研究所や放射線医学総合研究所・東京大学の柏キャンパスの毎年の一般公開に朝から出かけ、終日楽しませてもらっている。

いずれの施設も居住地の六十キロメートル圏内にあるため、そのたびに一人車で毎年出かけている。展示内容は主に、ミクロな原子や遺伝子から放射線や宇宙空間などの森羅万象といえるもののごく一部ではあるが、見せてもらえる。

さらに、この三施設では一般向けに、研究内容に加え、通常は見られない医療機器なども分かりやすく解説してもらえる。自分の中では自己研鑽の地にさせてもらっている。

また、これらの施設では、院生や研究職の人及び医者などの専門職の人たちに説明してもらえて、聞きたいことは殆ど細かく教えてもらえる。そのために納得感も強く、充実した一日が過ごせる。

このような専門機関は、興味を大きくそそられるために、行ってみたい所が、まだまだたくさんある。また、研究内容では、よくこのようなことが分かるものだと驚き感心することが多い。

そのために、人間としての奥深さ、つまり人間ってすごいことができるものだと、感動させられてしまう。自分の琴線に触れるような感覚もある。そのすごい世界を見たり、聞いたりすると、年がいもなく血が騒ぐというか、知も騒いでしまう。とにかく面白い。

また一昨年は、東京大学の柏キャンパスでノーベル物理学賞を受賞された梶田隆章先生の講演を聞く機会があり、その時の話では宇宙空間には磁場が存在するとのことであった。

それまで全く聞いたこともなく初耳なことでもあり、質問コーナーで先生にその理由を伺ってみた。結果としては、磁場の存在理由は未だ解明されていないようであった。

このように一般公開に行くことで、ノーベル賞を受賞された著名な方とのわずかな時間の質疑応答であったが、話せたことは記念すべき出来事と、今でも誇りに思っている。

ただ、専門機関は非日常という所のまっただ中にあり、研究職の人などの話をそのまま理解できるわけでなく、にわかに信じがたいものが数多い。

そのため、逆に「本当にそうなの？」という疑念も自分なりに持ち合わせて、説明を受けている。そう思うことでさらに話が深みにはまり、面白くなっていく。

話を市井《しせい》に戻すと、どちらかというと、いろいろな人との話の内容は限定することなく、相手任せその場任せの何でもありの世界となる。なかには初めて聞く話も多々あるが、却って興味をそそられ盛り上がってしまう。

つまり、ジャンルを問うことなく、何でも食いつく習性のダボハゼ的精神構造な人間と自分を分析している。単なる情報欲に満ち満ちた人間かもしれないが、自分でも理解不能なところが多々ある。

この癖性は相手に迷惑をかけているところが多分にあるかもしれない。内心では少し話が長くなってきていると感じる時もあるが、盛り上がると話が切れなくて、際限なく時間が経過してしまう。今後はこの点を大きく改めなくてはならない。

以上のような、人との話や自分の興味心を拡大させてくれたものも新聞であり、また、新聞があることで安心感もある。自分を支えてくれている頼れる友といえるものでその魅力に取り憑かれている人間でもある。

今後も我が老脳のシミ模様の知の拡大に、大きく貢献してくれるものと期待している。

読み物では本もあるが、本は表題のタイトルに縛られて読み進めなくてはならないため多少窮屈さを感じる。

ただ、時代の大きな変革期となった明治維新やドキュメンタリー的な書を始めとして、著名人の人物誌や回顧録などは、自分の生き方のバイブル的参考書として読んでいる。がしかし、新聞の右には出ないかな？

食のショック

自在鉤の付いた囲炉裏。傍らには一つのカマドがあって、お袋がマッチで杉の枯れ葉に火を付けると勢い良く燃え上がり、そのまま枯れ枝に燃え移りパチパチと音を立てる。

カマドでは、四世代も暮らす大家族であったために、羽釜では一升米を炊き、自在鉤の大鍋では具だくさんの野菜の味噌汁がタップリと出来上がる。

これは五十年以上前の今は亡き母と兄嫁が大家族の我が家の食を何年も支え続けてくれた、忘れることのできない光景である。その時の食材は農家であったために、殆どが自家製のものであった。

醤油や味噌などを始めとして、梅干し、ダイコン、白菜などの漬物も母たちの手作りのもので溢れていた。ただ、味噌はともかくとして、醤油などは買ったものと違って、塩っ気が強くショッパカッター。

その米や野菜で作る田舎の味がふんだんに詰まった食べ物は、決してご馳走ではなかったが、大家族の賑やかさも手伝って、腹一杯食べられて美味かった。幼少期のこの頃は、特に好き嫌いなどは一切なく、食卓に出されたものは全てを残すことなく食べていた。

また、学校が休みの時などは、家の手伝いに畑の芋掘りや田圃の稲刈りなどによく駆り出された。この時の昼食は母たちの作ったにぎり飯に、おかずはダイコンやニンジンなどの野菜の煮しめ、たくあんや梅干しなどの全くブレない田舎飯そのものであった。

これは貧乏な食生活といえなくもないが、食べるものの選択肢が少ないために、そのことが幸いして、家族誰もが好き嫌いなく食べていたように思う。食べることに関しては子供の頃に食べたものが先入観なく食べられるので、一番美味しいのかもしれない。

上京するまでは、母たちの田舎味しか知らず、東京の味を知ったのは、昼食に職場の先輩から食べさせてもらったかつ丼であった。生まれて初めて口にした東京の味に、甚だ大きな食文化の違いに衝撃を受けた。かつ丼の名を聞くのも初めてで、とにかく旨かった。

今改めて考えると、母たちの味は上京までの私を支え育ててくれた感謝の味であり、東京の味は自分で働いて食べる自立の味といえる。

しかし、田舎は自然の中で食べている感が強く美味い。都会では人の渦の中で食べている感がある。やはり、真の田舎人である。

今現在の自宅周辺のベッドタウン化している所にも、鉄道の延伸のせいもあり、驚くほどのたくさんの食べ物屋ができて、結婚当時と比べると、思いも付かず、毎日食べる所を変えても一月は食べられる。

古希を迎えた今では、食の細りと同時に、体も即身仏かと見紛うような、貧相この上ない痩身体になってしまった。しかし、この体の好都合なところは、食費があまりかからないということが、大きいところである。しかし、本音はもう少し米太りしたい。

反面、妻は立派な軀体に仕上がってきて、羨ましくもあるが、脂肪体には抵抗もある。

この表現で喧嘩の元を記してしまったかもしれない。二人して、「あんたは痩せ過ぎ！」「あんたはデブ体！」と、どちらも負けじとデブ・ヤセの不毛な激論を戦わす時がある。

揚げ句「悔しかったら太ってみなさいよ！」このセリフが出たところで、エンディングロールとなり、いつもの終宴の儀を迎える。我が家は、二人とも育った環境は一緒（同郷）で、立派な田舎人である。そのため食文化に関しては大きな違いは殆どない。

読み人無視の長い枕詞となってしまって申し訳なく思いながらも、田舎人の証明のためにここまで要してしまった。つまり、二人の体は米で出来上がったコメ体であり、今の草食系などとは、比較にならないほど頑丈にできているということである。

「米米《コメコメ》ＣＬＵＢ」の話に偏心したわけではなく、あくまでもコメの話であって、コメ飯は毎日食べても飽きない。なぜ飽きないのかと、以前から考えているが結論は出ない。毎日食べていると、いくら好きなものでも飽きてしまう。これが至極当然なことである。

ただ、この不思議現象にも自分なりの結論めいたものを炙り出した。つまり、日本民族は太古の昔から農耕民族として、米を主食としてきたために、DNAを構成しているATGCの塩基中に遺伝子として組み込まれているために飽きない。

これは持論中の持論で、人には話すことではないが、話してしまった。個人的にはこのように解釈している。ご飯の味は他の食べ物に比較しても比類なきもので、味の王様に君臨していると思っている。この米を食べられる日本人に生まれて、非常に幸せである。

そして、今は子供たちも結婚し孫もできているが、親たちのコメ体の丈夫さは、子供たちにも孫たちにも、その遺伝子がしっかりと引き継がれている感じがしている。ただ、自分たちと違って、子供たちは少しばかり、好き嫌いが出てきている。

この原因は、あまりにも食べるものが多様で多彩で、選択肢が多すぎる環境に育ってしまったからではないかと考えている。また、食の豊かさは国の豊かさとはいわれているが食文化が巨大化してしまったことで、その弊害として、今では食べ残しも巨大化してきてしまっている。

新聞では家庭や産業分野などから年間に東京ドームの約五杯分が廃棄されていると記事にあった。「何ともったいない」と考えるたびに、ものすごい浪費をしていることも考えさせられてしまう。

つまり、食材を買ってきて料理して食べるということまでは、どこの家庭でもあることだが、その食べ残しはどうか。我が家は畑を借りているために、どうしても残る残渣物は持っていき処分している。

買い物にお金を使い、食べ残しを捨てることは、裏返すとお金を捨てていることに繋がってしまう。食は体を維持するために、最重要なことであり、そのことを考えると、本来は捨てられないものである。食は生の根源でもある。

であるが、相当量が捨てられている。しつこいが、食については、お金を捨てている感覚を持つべきで、もったいないから食べる。もったいないから冷蔵庫に保存し、次回に食べる。このわずかに考えを変えるだけで、食品ロスが大幅に減らせることになる。

また、捨てられた食べ残しのゴミは、ゴミ収集車で焼却や埋め立て地に運ばれ一部ではバイオマス燃料などにもなり、有効利用されているらしいが、全て行政側の負担になる。

つまり、莫大な税金が使われ処理されていることになる。

したがって、食品ロスのない食生活を心掛けることが、理性ある人間の取る行動であり、そのことが社会生活の規範である。豊食が飽食の時代となり、人の食に対する価値観を大きく変容させてしまっている。

食は生へのかけがえのないものであることを再認識し、まずはそれぞれの家庭が、食の有り方を考える必要がある。この問題は一人ひとりが将来のために、考えなければならない大きな問題だといえる。

今はコロナ禍で、政治的な判断による要請により、日々の生活に自粛を強いられる非常に暮らし辛い世の中になっている。例えが悪いかもしれないが、このような時代にこそ、日々の食について考えるには、いい機会ではないだろうか。

現在では、ようやくプラスチックのゴミを減らそうと、社会的に動き出してきた。新聞やテレビでもプラスチックの海洋汚染で動植物に被害が生じている現実の報道が多くなってきている。差し迫った現実問題を捉え時宜を得た報道としては、非常に良いことであり、歓迎すべきことである。

我が家では、夫婦二人とも幸いに幼少の頃より前述したように、今ほどの豊富な食材を利用して育った環境になかったために、もったいないという意識が働くが、我が子供たちは、生まれながらにして飽食時代を生きているために、この感覚がない。

これは我が家に限ったことではないかもしれないが、今の世の中が食で溢れ返り、その結果として無駄で莫大な税金が、使われている現状は、将来に大きな付けとして「食でショック」なことにならないとも限らない。

そして、このままの贅沢三昧のおかしな食文化のままで突っ走ると、その誤った生活がいつかは破綻しかねない。このようなことを自分の子供や孫たちに、「時代が違う！」と一蹴されながらも、育てた親の責任と義務として、粘り強く先を見据えた話をしていかなければならない。

はたけの物語

畑を借用して、二十年以上にもなる。

大きさは二十坪（約六十六平方メートル）あり、最初の頃は手に余る面積なので、半分くらいで良かったのだが、オーナーの貸し出しの面積が二十坪に限定されていたために、やむなくその面積で始めることになった。

一般的な素人農法の始まりとして、土作りをしなくてはならず、近くのホームセンターで、堆肥や肥料を買ってきて、畑にドッサリと入れ込み鋤《す》き込んだ。また、野菜は無農薬栽培で作ることを最初から決めていたために、肥料なども化学肥料は入れず、有機肥料に拘り続け、現在に至っている。

そして、田舎で兄が作っていたスイカが頭に浮かび、その頃の手伝いの記憶を一つひとつたどりながら、ホームセンターで、スイカの苗とともに菰《こも》も買い、畑全体に敷き詰めた。

このスイカの第一号は六キロもあり、見かけだけは市販のものと遜色ないものに仕上がった。案外と素人でもできるものだなあと。もしかして売れるかなと、大きな自己満足感で興奮気味に家に持ち帰った。

がしかし、妻に見せたところ買ってきたスイカのような「フ～ン」という鼻先の感想であった。初めて作った大作ものだと思いながら見せたものだったが、その反応に愕然とし「フーンは、なかじゃろがぁー」

ただ、味だけは良かったらしく、旨そうに食べていたのが、せめてもの救いとなり、初めての畑の味は、スイカの夏味と決定し、自分でも食べてみた。が、兄のスイカには、及ばないものだった。しかし、わずかながら兄の味が楽しめた。

その後も野菜には、肥料さえあげれば何とかなると、タップリと一途に鋤き込んだ。ただ、他人が作る野菜もヒントにしようと、時々は覗いて回っていた。その先々では、作っている野菜などについての野菜談義で盛り上がる時もあり、それぞれの思いが聞けて、楽しい一時を過ごすこともあった。

毎年春から始めるわけだが、出来不出来よりも、今年は何を作ろうかと考えることが楽しみであった。また、苗か種にするかと、ホームセンターでいろいろ見定めウォークすることも、毎回の楽しみであり、植える場所までイメージしながら歩いていた。

そのセンターに行くと、たくさんの子離れしたような同世代のにわか菜園人と見られる農業人たちが、肥料から苗から支柱から、とにかくワンサカ買い込んでいた。

その買い方を目の当たりにして、買わなければならない衝動に駆られ、行くたびに半分程度は無駄な買い物をしていた。ただこのことも社会への経済効果に少しだけ貢献しているのかと、諦めの納得感を胸に閉まった。

夏の野菜作りは、雑草と暑さとの格闘の日々であった。この時に蘇るのが、田舎で学校の休みのたびに、夏冬通してやりたくもない実家の農業の手伝いをさせられていた記憶である。

そのために、暑さに弱いとか、熱中症などということには、全く無縁な体が出来上がっていたようで、この点は手伝いの苦痛が生かされたと感謝している。よく怒っていた兄ではあったが。

しかし、段々と慣れ始めると飽きてきてしまう。作るものも毎年特に変化もなく、たまにはインターネットで、あまり目にしない野菜の注文をかけて作ってみた。

しかし、気休めにしかならず、その時の気分で終わってしまった。その頃より畑からも少しずつ足が遠のき、草か野菜か何を作っているのか、分からないもはや単なる耕作放棄地と見紛う状態になってしまった。

ただ、それでも腰丈まで伸びた草取りだけは、夏の盛りも苦もなくできていた。一つにはそのままにするとお隣さんに迷惑を掛けるために、取っていたというのが正解である。

当時は不耕起栽培という方法も新聞で読んだが、我が畑と寸分違うわけもなく、ただ、ズボラな方法ではないかと読んでしまって、目先を変えるほどのことにはならなかった。

その頃にあの東日本大震災が起こってしまった。また、ただでさえやる気が落ち込んでいた時に、さらに震災に追い打ちを掛けるように原発事故も起きてしまった。

それにより、大気中に放射性物質が放出されたことで、この時は社会が騒然となり、自分でもその濃度がどのくらいのものかと非常に気になりだしてきた。

そして役所に線量計を借りに行き、自宅マンションの雨水枡付近やベランダの雨樋の落とし口辺りを調べてみた。その数値は〇・二八毎時マイクロシーベルトくらいで、自宅周辺としては、気にするほどの数値ではなかった。

のだが、気になるのは自畑の数値である。その畑の四隅の計測結果は、〇・二八毎時マイクロシーベルトという場所もあったが、ほぼ自宅周辺と同様のものであり、数値の結果は大したこともなく良かったと一瞬は思った。

国の基準値では〇・二三毎時マイクロシーベルト以下が安心レベルと言っていた。ただ、畑は食べ物ができる場所でもあり、数値は同様なものでも汚染された気分になり、それまでのやる気のなさが、追い打ちを掛けるように、さらに激落ちしてしまった。

他の人たちは意に介せずいつものように、いつもの野菜を作り続けていた。が私は気持ちが失せてしまっているために、その後も草取りだけに専念の日々を続けていた。

そして、原発事故から四、五年してからのことであるが、何とか自畑の継続を図ろうと、表土に残留している放射線濃度を少しでも緩和しようと思い付き、深さ七十センチ程度の天地返しで再起しようとようやく動き出した。

しかし、結構大変な作業となり、他の人も「何事?」感でよく覗かれた。息子にも少し手伝わせたが、自分は仕事もしていたために、土日だけの作業になり、自畑全ての面積をやり終えるのに、三か月くらいはかかったような気がしている。

ただ、その後の放射線レベルは下がっているだろうと考えて計測はしていない。ということで、その後もダラダラな畑との付き合い方になってしまった。ただ、やめてしまうなどということは全く頭になかった。

その後、天地返しから二、三年した頃より、貸農園の所々に野菜作りをやめてしまった所が目立つようになってきた。この理由は、借り受け人の高齢化で、野菜を作り続けることが、肉体的にも負担になってきたことが要因のようである。そのために、オーナーもその後の借り受け人の募集をかけているようであるが、私たちが三十年近く前に借りだした頃と違って、なかなか応募もないようである。これも時代の流れというものかもしれない。

私たちの畑は、冒頭で説明したように、二十坪の貸農園であるが、このような畑の耕作放棄地は、今や全国の至る所に田圃を含め現存している。これも働き手の高齢化と引き継ぐ担い手がいなくなったからで、そのために日本の原風景までが変わり始めている。

このような現実的問題はともかく、貸農園では、その放棄地を新たに借り受けて拡大している人や、その他には四、五人のグループで耕作面積を大きくして、手広く野菜作りをしている人たちもいる。

以前にはなかった形であるが、耕作をやめる人が出だしたため、このような野菜作りになってきたものである。つまり、野菜作りの好きな人は、そのようにして継続していくということである。私はそこまでの拡大意欲はなく二十坪で満足している。

このような状態の貸農園の時代による変化であるが、その天地返し後に、再度やる気に火を付けたようになり、見てくれの最悪な自畑のボウボウ草を取り終えてから、わずかずつではあるが、野菜を作りだした。ここまでかなりな時間は要したが、何となく久しぶりに新鮮な感覚が芽生えてきた。

そして、激落ちしていたやる気度を、少しずつ引き上げてきたために、現在はそれらしい畑になり、見てくれの悪い野菜だが、少しずつ取れだしたことで、従前の状態に近い所まで回復してきている。

今更ながらという感じであるが、この野菜作りで自分が大きく誤解していることに気づかされたことが一つある。それは、野菜の植え付けなどの行為はしても、実際に育てているのは「土」そのものであるということ。

つまり、土（無農薬で）を育てれば、野菜も育ち食べられる。土には栄養分がなくてはならないが、その野菜などの栄養分を作り出してくれているのが土そのものである。

その土中に生息しているミミズなどの虫もそうだが、数多くの細菌類などの微生物が実際は土を作ってくれている。ということが何となく分かってきた。当然、日の光と水分がなくては微生物も野菜も育たない。

したがって、害虫駆除や除草剤などの農薬を散布することは土を破壊することに繋がり、そのために、結果として野菜も育たなくなる。ということになるのではないのか。

一般的には土中にミミズがいれば、畑として野菜が育つといわれている。ただ、肥料を鋤き込んで、それを分解してくれるのは、ミミズだけでは担い切れなくて、むしろ細菌類などの微生物の分解能力の方が大きいのではないかと考えた。

それは草取りで、鍬で掘り起こした土が、以前の肥料が黒く形を変え、少し粘り気も出ていたところを見た時に、そのように感じたからである。

ただ、鋤き込んだ肥料分を分解し、栄養分を作り出すまでの作業をするためには、どれほどの微生物の数と種が必要になるのか、その辺りまで草取りでさえ考えさせられる。つまり、野菜も雑草も植物として愛でることが土中の微生物とも共存し、自然の摂理に沿っていると考えるからである。

もしかして土中では想像も付かないようなことが、絶え間なく行われているのではないのか。となると、まだまだ見えないたくさんの生き物が、土中には生存していると考えざるを得なくなった。

ここまでくると、分解作業をどのように進めているのか、顕微鏡でも使いながら微生物たちの動きを見てみたい気もしてくる。見ることができたら、凄い世界を見ることになり奥深く楽しめるかもしれない。

とにかく、畑にとって農薬は御法度であり自然破壊と同様である。土を破壊して野菜ができるわけがない。野菜を食べられる恩恵は土中の微生物が絶え間ない努力を積み重ねてくれていることを忘れてはならない。

また、何回も何年もその破壊作業の農薬を散布し続けると、土中の濃度も上がりだし、場合によっては、人体にも影響しかねない。当然、野菜にも含まれることになるだろう。

このようなことを考えていると、害虫の類だが、あの緑色した卒倒しそうに酷く臭い（失礼）カメムシですら妙に愛おしくなってくる。このような感覚になってくるとは思いもしなかったことである。

そして、このような単純作業から見えてきたことは、たとえ雑草でも野菜類と同様に、微生物たちの分解作業の恩恵に浴していることになるのではないかということだ。

自畑の雑草を取った後は、野菜クズの捨て場所に持っていき処分をしていたが、それからは、自畑に穴を掘って、その中に入れ自家製の堆肥作りへと方針転換をした。

雑草取りから派生した土の話であったが、この発見が非常に大きく、自然界の土に対するそれまでの考え方も一変した。そして、このことに動機づけられ、考えさせられたことは、諸々の地球上の動植物は、その全てが自然界の中に生かされ生きているということ。

このことを謙虚に受け止め、自然に対する畏敬の念を持たなければ、人間の知恵の赴くままのことを続けると野菜も育たなくなる。このような危機感までも抱かされ、物言わぬ土中の虫たちに、その生き方までを教えてもらうことになった。

長い間、ただ漠然と気晴らしのように畑に行っていたが、畑は人間の生き方を教えてもらえる所だと、改めて思い知らされた。今後においても、畑を我が師と捉え、そこで芽生えてくるいろいろと具現化される現象にこれからも謙虚に向き合っていきたい。

私もまさか畑に教示してもらえるとは、全く考えも付かなかった。農薬も化学的な産物であり、度重なる実験結果により、その毒性なども研究され、世に出てきているものと思う。しかし、生き物にとって全くの無害とはいえないものでもないかと考えている。

この私の考え方は、あくまでも持論の展開に過ぎないし、当然に是非もあると思う。小菜園だからできることで、自己満足な野菜作りである。ただ、小さな畑の自然に対して、なるべく負担を掛けない野菜作りを続けていきたいと思っている。

農園には、私と同様な考え方の人たちもいる。そのような人たちと、コロナ禍の生活スタイルなどを交換し合う畑談義ではあるが、野菜から始まり社会情勢や人間模様まで、野菜同様に多彩な話も畑で育っている今日この頃の「はたけの物語」である。

ドの付く田舎自慢

原稿を綴りながら、少し堅苦しい書下ろしになってきた感じがしてきた。そのために肩も凝り、さらに持病の座骨神経痛も痛み出してきたことで、老体にきしみ音も出てきた。ここからしばらくは、目線と体勢を変えたいと思う。

ということで、私の田舎の思い出話を織り込みながら小さな自慢話をさせてもらいたい。田舎は鹿児島市から北へ五十キロほど行った所で、日本のどこにでも目にする山すそ野に農家が点在し、その目前には平野部の田畑が広がる田舎景色そのものの地勢となっている。

山は小高い山々が連なり、圧迫感を受けることもなく、川の流れも緩やかである。その山を住まいにして、我が物顔で人里を夜な夜な走り回る猪鹿たちもいる。少し困ってはいるが、この動物たちとも共存し、大らかさも兼ね備えたのどかな田舎でもある。

このような田舎でも、私が産まれた頃はどこの農家も大家族で構成され、そのためにたくさんの子供たちもいて、運動会や祭りなどを始めとする行事などは、大変な盛り上がりでいつも賑わっていた。

その頃の農家はどこの家でも牛を二、三匹は飼っていたために、道路の砂利みちには、牛が落とした造形物が、仄かな香りとともに、立派なアートをたくさん残していた。しかし、今思い返しても、それも田舎景色には、ぴったりの光景であったような気がしている。

いまはその砂利みちも綺麗に舗装され、どこを探しても面影さえ残っていない。

農業の働き頭でもあった牛は、機械に取って代わり、鳴き声も今は聞くことはできない。ただ目を閉じると、あの日あの頃の時間が再現されノスタルジックに浸される。

このような環境で産まれ育ったことは、とても幸運なことであったように、今更ながら感じている。これまでに何回も帰省していながら気づかなかったことが、古希の頃になって、望郷の念に駆られることが多くなったためか、その故郷の魅力に取り付かれている。

さて、これからは自慢話を綴ることになるが、その田舎景色の第一のお勧めスポットは小学校校舎の裏手にある眺望である。その場所からは、水田の両脇に小高い山を抱え奥へと伸びる広々とした水田の稲穂の絨毯越しに、「紫尾山《しびざん》」という山が見える。

その山は名前の通りに紫にけむり、少しばかり岩手県の岩手山を彷彿とさせる。そこに佇みながらボンヤリ田舎景色を眺めていると、不思議とベートーベンの交響曲第六番『田園』が耳元に響いてくる。

この『田園』は高校時代に高村光太郎作の『智恵子抄』の映画を見た時に流れ

ていたものであった。初めて聴いたバイオリンの澄み渡る音色がとても綺麗で、旋律もすぐ覚え二度聴く必要もないくらいの鮮烈なものであった。

特に天気の良い晴れ渡った日などは、その水田から広がる光景に紫尾山までがくっきりと見えて『田園』のメロディーの響きも一段と鮮明になってくる。その場所に佇むとなるほど感が湧いてくると思うので、ぜひともお試し願いたい。

また、啄木の「ふるさとの山に向かひて　言ふことなし　ふるさとの山は　ありがたきかな」この一首がとても良く似合う場所でもある。たまには自分でもこれに倣い、駄作極まりない詩を苦笑しながら作る時もある。これも楽しからずやである。

その場所からの光景は、絵の好きな人はすぐにでもキャンバスに絵具を落としてみたくなる所ではないかと感じている。少し盛り上げすぎたかもしれないが、あとは体験してもらうしかない。

そこでは、小学校や紫尾山麓の中学に通学した頃も鮮やかに蘇ってくる。特に冬場の中学までの片道四キロの鼻水たらし自転車は、心身ともに鍛えられた。紫尾山下ろしの寒風に晒される日々は耐寒の日々となり、今の根性論は紫尾山によって築き上げられたと思っている。

故郷を田舎に持つ御仁は、あの日あの頃の懐かしさが蘇る場所が必ずやあると思う。私は、その場所で夏場の稲穂の青臭いイキレを感じながら思いを巡らせるのが好きで、墓とこの場所だけには毎回足を運び、田舎の空気を存分に味わっている。

この母校の小学校であるが、残念ながら五年ほど前に廃校となり、その後にリニューアルし簡易宿泊所に模様替えとなっている。ということで宿の心配は問題なく、近くの雲母川《きららがわ》の畔には源泉かけ流しの温泉も用意され、万全の態勢で迎えている。

次は私の実家での話になるが、早朝の玄関口を開けたときに捉えられる新鮮な空気は肺機能を蘇らせてくれる。少しばかりのしっとり感は、昼間に木々などから蒸散された水分が、朝露となって庭先の青草などにまとわりついているためか、とにかく香しい。

田舎は自然過ぎる所が売りである。家の周りは、杉・檜に孟宗竹や雑木が混じる山と田圃・畑に小川が見えるドの付く田舎である。

また、山はほどよく低い山であるためか、一日中日差しがタップリ注がれて、生活空間がとても明るく感じられ気持ちがいい。この光景は今も昔も全く変わることがない。

次は水の話になるが、鹿児島は大昔に錦江湾の桜島北部で、始良《あいら》噴火という超巨大な噴火（始良カルデラ）が起こり、その時に多くの火砕流が流れ出たらしい。

そのために、現在のシラスと呼ばれる厚い砂層が、出来上がったようである。ちなみにその砂は、沖縄のサンゴでできた浜辺のように、とても綺麗な白い砂で、どこを掘っても出てくる。しかし、一旦水分を含むと土砂崩れに繋がる危険な砂でもある。

そして降った雨水は、当然ながらこのシラスの層に浸み込み水脈となり、地下水として利用されることになる。その水は口当たりがまろやかで風味も伴って、特に夏の水は冷たくて美味い。

このような水で醸造される芋焼酎は、宿にたくさん置いてあるので、タップリと好きなだけ飲める。亡き兄などは、ダイヤメ（鹿児島の方言で疲れを取る意）と言って、毎晩欠かさず飲んでいた。少し過ぎる時もあったが、美味そうに飲んでいる顔は、今も心に健在している。

ただ、私は全く酒類が飲めない。現役時の宴会などでは、鹿児島の出身で飲めないなんておかしいと、酒やビールを無理強いさせられた。そのために宴会は苦痛でならなかったが、唯一本音を聞ける場所でもあり、その方に興味を注ぎながら苦痛を凌いでいた。

最後にあと一つ聞いてもらいたい。それは夏の夜空の天の川である。そのクッキリ度の表現には難解を極めるが、得も言われぬ天の川と。ハワイのマウナケア山頂でも見たが、ハワイに勝ったと胸中に秘めた。

星オタクの人は一晩中見ていても飽きないと思う。白鳥座は真上に見え、オリオン座は、天の川から少し外れて南側に見える。スバルといわれる星団もやや北側に位置し、さらに蚊に食われながらも我慢して見ていると、流れ星までも運が良ければ見られることも。

私の小さい頃は、夏の夜空を見る傍らには蛍がいっぱい飛び交って、家の中にまで入ってくるほどであった。今では田圃の農薬のためか、人里離れてどこかに行ったらしく、見ることはできない。

しかし、キラキラ星と蛍の光の饗宴は、夏の風物詩として私の心にだけは、今でも色鮮やかにしっかりと輝きを残している。ただ、日本の原風景は全国に残っていても、限界集落といわれるように、人が少なくなってきている。私の田舎も同様で寂しい限りである。

「兎追いしかの山　小鮒釣りしかの川　夢は今もめぐりて　忘れがたき故郷」この歌を聴くと、望郷の思いに強く駆られる。山は青き故郷・水は清き故郷は、歌の中だけで終わらせてはならない。悠久の課題として日本人の心の中に守り続けなければならない。

これで私のドの付く田舎自慢は終わりにしたいが、軽い話にしようと思っていても重たくなってしまった感もあって、少し反省しなければならない。

とにかく「行ってみて見てもらいたい」ということが私の心である。行き方は成田空港から飛行機で鹿児島空港まで一時間余り。その後はバスで田舎みちを楽しみながら約一時間で到着となる。

簡易宿泊所は、飲食が出来て薩摩料理も楽しめる。また、校庭は誰でも遊べる開放型のため、走ったり飛んだり転んだり、何でもありの昔の体育時間が、しっかり楽しめる。多少の草が気になる御仁は、草むしりも全く問題なく、却ってスタッフに喜ばれることに。

老人の遠吠え

古希を迎えてから世の中がわずかながら俯瞰的に見えだしたせいかもしれないが、畑のトマトを見ていると、若い頃の青臭さから少し熟して黄色く色付いてきたような気持ちを感じる時がある。

ただ、そのまま熟さないで腐ってしまうものもあり、自分に置き換えると少し気になるところでもある。これは現在の世情にも通じるところがあって、高度な文明社会を実感しながらもなぜか成熟した社会とは感じない気もしている。

その気持ちを創り出している核となるものは、政治的な要素ではないかと考えるようになった。つまり、トマトのように途中で腐ってしまうような頼れない国家になってきているということである。

あくまでも勝手気ままな決め打ちである私見を述べることになるが、その部分に吠えるエネルギーを持ち合わせているうちに、遠吠えとしてこの機会を使いたい。

自身の気になるところは、社会保障費と言われる年金、医療、介護に関してである。高齢化社会の加速のために毎年増え続け、今後もさらなる費用の拡大も予想される。

どうもこのような不安要因が、自分の体のどこかに、千社札の如くベタベタと貼り付けられているために、いつでもどこでも事あるごとに、浮き出てきて動揺が隠せない。

先の膨らみ続ける社会保障費を支えるのは核になる若い世代である。ここに限定すると国作りを考えることに繋がる話となる。つまり、必要なことは、将来を見据えた社会を築くことであり、そのためには、しっかりと子供を育てなければならない。

将来の国を支えるためには、元気な子供たちを育てなければならない。しかしながら、日本経済は、ここ何年も低迷し、政治的に、いくら上向いているということでも、家庭の実感としては全くない。

したがって若い生産人口の世帯に経済的な余裕はなく、そのために子供に回せる養育費も生み出されない。極論を述べているつもりは全くない。現実的には、この程度の認識はどこの家庭でも持っているのではないかと考えている。

日本銀行は長引くデフレ脱却のため、アベノミクスの経済成長戦略を受けて、インフレ率2％を目標に、世の中の資金供給量を大幅にアップする金融政策を取った。このことは異次元緩和策というらしいが、この政策により、お金が金融機関を通してジャブジャブと世の中に出回ることになったはずである。

また、このジャブジャブ金は、景気刺激策としての政策であり、企業や個人が銀行からお金を借りることで、機能するものである。しかし、長年の不況のために、企業も個人も政策通りには、お金を借りてくれない。つまり、この政策は失敗したということに。

そして、なかなか銀行から社会にお金が供給されないために、日銀は次の政策としてマイナス金利という不思議政策を打ち出した。銀行が日銀に預けている当座預金に通常は金利が付く。しかし、このお金の一部に、年間マイナス０・１％の金利をかけてしまった。

つまり、この変な政策は、銀行が日銀にお金を預ければ、預かり賃が取られることになり、銀行は利益がなくなってしまう。このために、銀行は企業の設備投資や事業資金としてのものや、個人が住宅や自動車を購入するためのローンなどの様々な金利を引き下げて借りてもらうようにした。

この政策も日銀が取った金融緩和の一環らしい。このせいで、我々が銀行に預けている預金の利子もほとんど無金利の史上空前の低金利状態になり、そのうちに銀行から預かり賃を取られるような話もあり、銀行も相当厳しい経営手腕を問われている時代といえる。

この市中に出回っている莫大なジャブジャブ金は、社会の景気浮揚策としている前述のような金融政策らしいが、一向にそのお金は政策を打つほどに、いうほどに勤労者の懐には入ってこない。

つまり、会社経営に思い切って銀行から借り入れても、資本投資するほどの将来的なメリットがないということではないかと思う。

また、先ほどのマイナス金利政策などは、単なる銀行イジメで、何ら世の中のためにはならず、その影響を受けて、連鎖的に一般企業までもイジメている気もしてくる。真面な政策とはいえないものではないのか。

ここまでして市中銀行から企業へお金を回したいと考えているということは、日本銀行として政策は打ち尽くしているので、後は銀行としての責任で、社会にお金を回してもらいたいと、言っているようなものである。

企業がお金を銀行から借りて、設備投資などの資本投資をする時は、将来に明るい見通しが立った時に初めて借りるということになるはずである。それが借りても、投資することで却って会社経営が危なくなるということでは、借りるはずがない。

それだけ経済を回すだけのことも考えられないような疲弊している世の中になっているということである。会社経営は一か八かの博打ではない。会社としては、従業員の家族を守らなければならない。政府も日本銀行も政策の打ちようのない崖っぷちに来ているような感じがしている。

極めて個人的な一手を述べさせてもらうと、次の一手はＡＩなどの人間の能力を遥かに超えた先端科学の分野に任せる他はないのではないか。それを真面目に考えなければならない時代が来ているように思う。

つい先日の新聞によると、現在活躍しているスーパーコンピュータの「京」の40倍というスピード（ビッグデータやAI処理などの性能において世界最高レベル）で計算する「富岳《ふがく》」というスパコンが開発され、今年には正式に稼働するようである（※2021年当時）。

これは、産業分野にも大きく貢献することになるらしいが、創薬も相当期待できるようである。希望とすれば、喫緊の課題である新型コロナウイルスの終息に向けた、予防薬と治療薬の創薬作りに、早急に取り掛かってもらいたい。

これは、日本の全国民の他、世界の人々の希望のはずである。その計算スピードは世界第一で、他国の追随は許さないほどに優れたものらしい。人間の考えの及ばない混沌とした世の中になっており、スパコンやAIを使わなければ、その道は開けないのではないかと思っている。

カオスな世の中の打開策は、人間の限界が見えたアナログ政策よりもデジタル政策に大きく舵を切り、その力を最大限に活用することで、その方が、将棋の藤井聡太棋聖（※2021年当時）のように、最善な政策の一手つまり妙手となることと考えている。

世はこの不景気に追い打ちを掛けるようにコロナ禍で世界的に、大変なことになっている。国民としてのよりどころは、やはり政治であり、政治は国民の幸せな生活を保障するために存在しなければならない義務がある。

そのために、せっかくの優れたコンピュータでもあり、試す価値は十分にある。もう一刻の猶予もならない。また、将来は、デジタルにも限界があるらしく、その先の量子の世界も視野に研究を行っているようである。

量子コンピュータ（量子力学分野で研究され従来のもので天文学的時間のかかる因数分解も短時間で処理できる）は研究開発の途上ではあるが、その先に控えている。実際にアメリカでは、量子コンピュータにより計算結果の成果を出したようである。単純にデジタル政策に舵を切ることは難しいかもしれないが、国民のために手段に迷うことなく安心できる早めの政策を打ち出してもらいたい。

とにかく、国を主体的に支えるこれからの若い世代のためにも、働き甲斐のある大きな政策の展開を図ってもらいたい。打つ政策が遅過ぎるのである。島国でノンビリとした温泉につかり過ぎていると、世界のスピードに乗り遅れてしまうことになりかねない。抜本的な改革と政策の実行を、主権者たる国民のために実行してこそ国のリーダーといえる。

少しばかり発信電波が老衰気味なところは否めないが、確実に届くエリアメール同様に仕上げた遠吠えとして、聞く力というアンテナにストレートに発信させてもらったものである。

戦争と平和

このテーマは、ロシアの文豪トルストイの長編小説のタイトルとして知られているらしいが、読んだこともなく、映画を見たこともない。知るところは図書館などで表題程度は見たような気もする程度である。

戦争については、第二次世界大戦の体験者である亡き父から話などは聞いたこともなく、中学時代に亡き母から教えてもらったような記憶では、父は当時赤紙といわれていた召集令状で、国からの命令により今の中国の東北部（旧満州）に派遣され、大砲を扱う砲兵部隊として、従軍していたようである。

父は職業軍人ではなく、時々召集される在郷軍人であったらしい。ここまでのことしか知らないが、第二次世界大戦の頃に国からの命令で召集され、戦争に行かざるを得なかったとしても、自分の気持ちの中には、今でも悲しい複雑なものがある。

第二次世界大戦は、過去の映像や時折新聞などで、日本として何をしてきたのか、どんなことを考えてやったのか。大体のことは自分なりに理解しているつもりである。しかし一言で言えば亡国に値することである。

こんな小さな国が、アメリカを始めとするイギリスなどの連合国と、やってはならない戦争を起こしてしまった。その戦争に関する映像などを見るたびに、なぜそのようなことをしてしまったのか。なぜしなければならなかったのか、そのようなとても理解できない大きな疑問だけが浮かんでくる。その結果、日本の軍人・軍属や民間人など把握しきれないほどの尊い命を失い、その相手国まで入れると、それこそ何千万人となるのかもしれない。

以前から悲劇この上ない人間の罪深き戦争に向き合い、その意味するところを捉えてみたいと思っていただけに、この機会に自分の知る範囲の中で、改めて薄い記憶の中の戦争認識を掘り出しながら記述することで考えてみたい。

まず、日本軍の連合艦隊司令長官の山本五十六という人の話をしておきたい。彼が、この戦争が始まる以前、アメリカのハーバード大学に留学中や駐米大使館の武官として渡米した時などに体験したことである。アメリカのあまりにも強大な工業力と軍事力に驚愕し、その光景に言葉も出ないほどのショックを受けていた彼の姿が、以前私が見たテレビの記録映像に映し出されていた。

また、七、八年前に新潟の長岡市に行く機会があり、たまたま立ち寄った山本五十六記念館で、その人となりを知ることができた。

山本五十六は、そのアメリカでの体験が残影として色濃くあったようである。

そのために、開戦が間近に迫る作戦会議の席上で、自身が見た工業力と軍事力の強大さを話し、そのような大国と戦争はできない、できるわけがないと、最後の最後まで、必死になって戦争に反対し、周りの推進論者たちに説得を続けたらしい。

ただ、山本五十六としては、どうしても戦争に突き進むのであれば、早期の決着を図る短期決戦で、真珠湾攻撃のみで終わらせてしまう戦略も立てていたようである。が、戦争ともなると、相手国のこともあり、自国の考えだけで、進むわけがない。

なぜ、この時に戦争を回避する手立てを考えなかったのか。不思議でならないが、一つには、国際連盟を脱退し、その後にアメリカからの石油の供給を止められ、身動きできなくなり、追い詰められて、窮鼠猫を嚙む式に戦争に走ったのかもしれない。

この時の反対論者は説得を試みた山本五十六ただ一人だけだったようである。しかし、その猛反対も虚しく結局戦争は始まってしまった。この段階で言えることは、戦争というものは回避することを考えることが最善策であり、開戦することは最悪の策であるといえる。

また戦争は国同士が争うもので、そのため双方に尊い命、たくさんの犠牲者が出てしまうことは明白である。私見だが、日本は明治年間に中国の清国やロシアとの戦争や大正時代の第一次世界大戦で勝利しているために、戦争に走ったような気もしている。

これからは、説明するほどでもないが、昭和16年12月8日に真珠湾攻撃で始まり、昭和20年8月15日に終戦している。当時の日本の狙いは、山本五十六が言っていた真珠湾攻撃のみで終結し、後は講和を結ぶ考えであったらしい。

だが、その思惑は大きく外れ、哀れ極まる泥沼の状態のところまで暴走してしまった。

ただ、記録映像などを見る限りでは、その後に戦争を終結するタイミングは、何回もあったと思う。

たとえば、明くる年の六月には、ミッドウェー海戦があり、その時に日本の空母などの軍艦が米軍の攻撃でほとんど全て壊滅的な損害を被ってしまっている。この時が最大の戦争終結のタイミングだったと思う。

ここで止めていれば、広島や長崎の原爆による地獄絵の惨禍と悲惨さを見ることはなかったはずである。戦争というものは、走り出したら止まることなく、ただ暴走するのみで終わるという考えは働かないものなのか。

戦争のために鍋・釜を始め、お寺の梵鐘や公園などに設置してある偉人たちの銅像まで軍が接収し、挙句には、全国どこでも学校に設置してあった二宮金次郎の銅像までも戦争の犠牲者になってしまっている。

そのために、今残っているその銅像はコンクリート製に変わり、たまに見かけると、戦争が頭に浮かんでくる。余談だが、二宮金次郎という人は、神奈川県出身の農政家として、関東周辺の田畑の産業振興策に多大な活躍をした人物と記憶している。今は目にすることもなくなったが、一円札の肖像にもなっている。いつになったら大河ドラマで見られるか、期待しているところである。

とにかくこの段階の鉄類の供出をしたところでも戦争は終結すべきであった。人間にとって戦争は、時代が大きく変わっても防ぐことのできないものなのか。太古から地球のマグマが煮え滾っているように永遠に消えることのない。消し去ることのできない人間の性のようなものなのか。極めて残念なことである。

このように考えると、なんと愚かなことを延々と続けるのか。戦争は「破壊」そのものである。地球上の全てのものを破壊し消し去ってしまう。分かっていながらなぜ破壊活動を続けてしまうのか。それが人間だからでは済まされない。

本当に情けない気持ちになってくるが、毎年の8月15日には、全国の戦没者の追悼式が行われ、その前には、6月23日に沖縄の慰霊の日があり、8月6日に広島の平和記念式典と続き、8月9日には長崎の平和記念式典が行われている。

いずれも尊い命をかけがえのない命を大戦で失ってしまった追悼の日である。戦争さえなければ、このような多くの犠牲者はなく、それぞれの人生が楽しめたはずである。気の毒でならない。

この多くの御霊のためにも、自分たちとしては、「戦争とは何か」「平和とは何か」ということも、日々の平和な生活を続けられる尊さを享受することで、問い続けなければならない。そのことが亡くなった方々への真の哀悼の意である。

もう一つ忘れられない戦争の悲惨さを物語るものは、現在でも戦傷者（心と体）である多くの人たちがいるということである。このようなことも考え合わせると、如何に戦争が愚かなことで無意味極まりないことか、このことも現実問題として考えなければならない。

また、勝手を言いだすが、日本は戦争という二文字に、未だに目を逸らし、そのままこれからも真面に向き合っていかないような気がしている。無責任なところで感覚的に物申すところではないが、なぜかそのように考えてしまう。

今の時代は、産業構造の劇的な変化とグローバル化で、世界が一つになり、そのために欲しいものは何でも手に入る時代でもある。そのような中で古い映像などを見ると、よくここまで復興できたものだと、感慨深い。

今年で戦後七十六年になり、他国の一部では戦争があっても、日本では起きていない。このことは先の大戦の大きな反省もあり、日本国民が懸命に国を支えてきたことも大きな要因となり、平和国家が築かれているためと考えている。

戦争と平和は、時代が変われども人の心に表裏一体として存在し、戦争のみを剝がそうとしても決して剝がすことのできない必然性を感じてしまう。残虐で無慈悲極まりない破壊行為の最たるものであることを知りながら、なぜ？という大きな疑問符は消えることがない。

ここまで書き記すことで見えてきたものは、戦争という二文字に対抗するためには平和を尊び希求することこそ戦争を未来永劫に追放する最大の防御ではないだろうかということである。このような当たり前なことが人々の心にいつの世も輝いていてもらいたい。

ボランティア活動と私

自分が捉えた東日本大震災

その大震災が起こったのは平成23年3月11日の昼過ぎ午後2時46分。自宅で国会中継のテレビを見ている時に、突然携帯のエリアメールで、緊急地震速報の「ギーギー」音が鳴りだした。直後に、これまでに経験したことのない激しい揺れに襲われた。

テレビも地震による大津波の現場の映像に切り替わり、その映像は、過大にデジタル処理された映画のシーンのように、現実のものとは思えない映像ばかりが流れ出した。港の多くの漁船は、大波に揉まれ飲み込まれながら陸地へ次々と打ち上げられていった。

その後のテレビや新聞には、日時が変わっても地震関連の生々しい情報が、次から次へと取り上げられ報道されていた。さらに大地震の影響で、起きてはならない副次的な大事故も起きてしまった。それは、福島第一原子力発電所の全電源喪失に伴って起きた炉心溶融による水素爆発である。

その爆発は放射性物質の拡散に繋がり、大気・土壌・海洋の大規模な環境汚染も伴ってしまった。この海洋まで汚染される原発事故は、世界的にも例のない今世紀最大の複合的な災害になり、まるで神の啓示でも受けたような感覚であった。日本の原子力発電所については、何が起きても大丈夫という神話が長年の常識であった。国民としては、この神話によって原発に対する信頼度を得ていたということである。だが、この大事故を契機に、いとも簡単に神話は崩れ去ってしまった。

この大地震は千年に一度あるかないかのもので、平安時代の貞観《じょうかん》地震以来とのことであった。つまり歴史的な大地震であり、自分の人生にも非常に大きな体験として刻み込まれることになった。

また、震源地に近い東北三県の被災者の人たちの心身の疲労感や今後の生活を考えると、三月の雪降る時期の冬まっただ中で起きた地震だけに、どれほどの精神的に奥深い傷を負わされているのか、察するには余りあるものがあり、気の毒の一言では済まされない。

このように東北地方の人たちの惨状を自分たちに重ね合わせると、日々の生活ができている分、まだ良い方だと時間の経過とともに考えるようになった。この間も自宅と仕事先で余震に昼夜襲われ、夢物語の世界へ誘われた感じの連日だった。

この東日本大震災は、自分の生涯に非常に重たいものとなったような気がする。日本の東半分が壊れ、その復旧や復興のことを考えた時に、今後どのように日本として立ち直っていくのか。日本人として向き合っていくのか。その甚大さを考えると無力感まで襲ってくる。

私だけが歴史的な体験をしたわけでなく、これまでに記した、同様の大きな不安な気持ちを抱える人たちは、たくさんいると思う。

この大きな不安が、未曾有の歴史的な体験をしたことで、私の人生観を変えることにも繋がった。

その後余震も幾度となく繰り返され、そのたびに脳裏に浮かんできたのが、家が壊れ流され甚大な被害が起きているのに、自分自身は、テレビや新聞を見ているだけで、何もできない。「それでいいのか！」という感情に毎日のように支配されだした。

その感情は日増しに強くなり、何もできない自分がいることに、ストレスを感じるようにもなってきた。丁度その頃に新聞で、被災地は東北地方だけに限らず、自宅居住地のある県内にもあることが分かった。

私の当時の気持ちは、今回の大地震は本当に事実だろうか、そのことを確かめたいと強く思っていた。その矢先にこのような報道を知り、非力ではあるが、少しでも被災者の手伝いができれば胸のつかえも取れる。その思いで情報を得てすぐに被災地に出かけて行った。

現地に集まっていたボランティアは世代を越えて、県内と県外からたくさんの人たちが来ていた。私が手伝ったのは、子供たちが良く食べる揚げ煎餅を袋詰めにして出荷する工場であった。

工場は九十九里浜の浜辺が近接していたことから、津波により工場内に大量の砂が運ばれ堆積していた。また、袋詰めの製造などに使用されていた機械設備も損壊が甚だしく、砂まみれになった大惨状の現場となっていた。

そして、その責任者の方に、作業の進め方を聞きながら作業に取り組んだ。手伝った内容は、堆積した砂の撤去と、まだ出来上がって間もないような袋入りの商品を、五人体制を一班として三班体勢の全員で、大きなゴミ袋に詰め込むというものだった。

このまま商品として販売されたはず、洗えば食べられるはず、と思うと情けなくなり本当にゴミとして処分して良いのか、心苦しくなり、罪深い気持ちに苛まれながらの作業となった。

また、責任者の方には、気丈な面持ちで自分たちと接してはもらったが、今後の工場の再建とか経営をどのようにされるのか、そのことがとても気になった。何から手を付けていいのか分からないような惨状に、掛ける言葉さえも見つからず、ただただ気の毒な気持ちと切なさだけが、自分の心に漂っていた。

このボランティア体験で、これまでに感じたことのないものが、自分の中に取り込まれた。それは、参加者全員が、ただひたすらに作業に専念している。当然着ていた服は汚れ砂だらけになりながら、黙々と作業に取り組んでいる。

この光景を見た時に、その一途さがとても新鮮に見えたのと、全員の被災者に寄り添った気持ちと数の力というものがどういうものか、わずかな時間の初めての体験を通してよく分かった。

そして、作業が終わってから、最後にそれぞれに「お疲れ様～」と言いながら清々しい気分で家路に着いた。家に帰ってからも、その懸命なボランティアの片づけの光景が時々思い出され、ようやく、それまでの大きな胸のつかえもスッととれた。

また、その年の八月の夏休みに、まだ自分の中で燻り続けていた「信じられない！」という拭いきれない気持ちがあり、東日本の震災現場である岩手県の大槌町と陸前高田市に出かけていった。そのくだりは以下の通り。

山あいの「道の駅」は、その土地の採れたて野菜や土産物を販売し、たくさんの人たちが品々を見定めながら買い求めている。自宅周辺の道の駅と比較すると少しばかり販売している物が違うだけで、どこにでもある「道の駅」の穏やかな光景で、震災の影響は感じられない。

しかし、そこから三陸方面に緩やかな山道を車で下りていくと、状況は一変する。あったはずの家々はどこにもない。残っているのは、住宅の基礎と壁のないビルの拉《ひしゃ》げた鉄骨の柱のみ。とうとうあの日に受けた大津波の甚大な爪痕を見ることになってしまった。

テレビでは震災当日の度肝を抜かれる生々しい映像を何回も見ていたが、あまりにも酷い。筆舌に尽くしがたいとは、このようなことを言うのか。まるで記録映像に残る戦時中の爆撃後の状態であり、見ているのが非常に辛く、心が焼かれる思いであった。

まさに「国破れて山河あり……」空虚な時間だけがそこには流れていた。この歴史的大地震は、大津波と火災と、そしてとどめを刺すように、冒頭で述べた予想だにしない原発事故までも起きてしまった。

その現場に立った。カメラを持参してはいたが、いざカメラを被写体となる惨状の現場に向けると、シャッターがなぜか押せない。あの生々しい映像とたくさんの方々が亡くなっている新聞報道で、体に刷り込まれたこともあったのか、指に力が入らず押せない。

ただ、どうしても自分の人生に歴史的映像の貴重さを刻み込みたい一心で、二、三枚だけ「ごめんなさい」との気持ちを込めながら撮らせてもらった。大槌町の役場は、自分の田舎の町役場に似ている所と、大槌という名前が、復興にもぴったりの名前であることで、ぜひとも行ってみたい場所であった。

テレビでは何回も報道されていたが、大槌町の役場では、町長さんを始めとしてたくさんの職員の人たちが亡くなっていた。壊れて惨状だけが刻み込まれた無機質な建物の玄関の上に掲げてあった時計は、津波を受けた時間で壊れて止まっていた。

庁舎の窓ガラスは欠片もなく、窓枠からして原型をとどめている所は一か所もない。事務室内もある程度は片づけられてはいたが、何も残っていないだけに、全てを攫《さら》ってしまった津波の激しさが、そのまま蘇ってくるような肌寒さを感じた。

なかでも心が奪われたものは、玄関前に置かれていた献花台脇のヒマワリである。献花されたほとんどが干からびていたが、その脇に一本の綺麗なヒマワリが凛と咲き、その光景は今思い出しても涙が出てくる。

ヒマワリは、玄関前の割れたコンクリートの隙間から咲いている一本のヒマワリであった。とても鮮やかで、献花に来た人たちを笑顔で迎えてくれている気分にさせられ、しばらくは立ち去ることができず、ただ両手を合わせて拝礼しているだけであった。

とにかくどこを見ても辛い。非常に辛い。見るに堪えないものばかり。これは陸前高田市に行っても同様で、うず高く積まれた災害ゴミ、拉げた鉄骨や曲がった鉄筋クズ、それまで人々の生活を支えていた物を、無残な形にしてしまう津波の怖さをまざまざと見せつけられた。

ここは、奇跡の一本松をぜひとも見たいと思っていた場所でもあった。だが生きていてくれという希望も虚しく、行った時には葉は茶色に変色し、幹肌も所々が剝がれ落ちていた。見るからに枯れてしまうと直感した途端に、希望が絶望に変わってしまった。

七万本以上の松林のわずかに一本残った大変貴重な松であり、生きていれば市民に限らず、たくさんの人々に生きる希望を与え続けるはずであった。それは「自分が市民を守るんだ!!」という命を賭して立ち続けた一本松であり、行く前から人と会うような気分にもさせられていた。

その大きな奇跡の一本松と対面していると、矢面に立ち主君を守った弁慶の仁王立ちの姿が重なってきた。津波を受けながらも必死で立ち続け頑張った姿に無念さが込み上げ、枯れても強さと雄姿を見せてくれているだけに助けたい強い気持ちが溢れてきた。

自分の性格でもあるが、気になる所は目で見て肌で感じることと考えているために、昨年は宮城県石巻市の大川小学校にも行ってきた。この学校では先生を含めて八十四人というたくさんの子供たちが亡くなった所でもある。

校舎の壁は殆どなくなり、ここまで津波が壊すのかと思われるぐらいの激しく壊れた学校であった。そして、プールの壁に描かれた子供たちの絵なども色褪せた気配もなく、しっかりと残っていた。頑張って皆で書いたんだなぁと考えると、見るほどに悲しみが湧いてきて胸が痛くなってきた。

また、学校の裏山の杉林にも登り、子供たちがキノコ狩りをしていた場所にも行ったが、時間は経っていても子供たちの歓声が未だに聞こえてきそうで、その温もりさえもまだまだ残っているように感じられた。

裏山の高台から見下ろす学校は、歌にもある「北上川」の堤防下のすぐ脇に位置している。せめて堤防の高さと同じであれば、少なからず津波から守られたのではないかと悔しさも感じられ、景色も抜群に良かっただけに見るほどに辛くなってきた。

また、この時には学校で亡くなったという児童の父親という人にも偶然に会えた。その時の立ち話で、学校が震災遺構として残されることを教えてもらい、別れ際にはその人が持っていた亡くなった子供たちに寄せられた貴重な寄稿文集をもらうことができた。

その文集は帰路の新幹線で、感慨深く拝読させてもらったが、表紙には、亡くなった児童の親のメッセージが掲載されていた。一説に「行ってきます　あの朝のいつもと同じ風景を忘れない　泥だらけの教科書を洗って干して」と綴られていた。親の愛する子供に思う気持ちの無念さがにじみ出ているものであった。

この大震災から早くも十年近く経ってきているが、被災地も地盤の嵩上が終わり、復興が着々と軌道に乗り、街並みが戻ってきている。その年に見た惨状は殆ど見られない。所々に震災記念館も建てられ、時系列を追った写真と語り部さんたちの話で、生々しさが少しだけ和らいだ感じで見聞できる。

また、それぞれの記念館は、あの大災害で家をなくし、家族を亡くし、親戚や地縁関係まで全てをなくした人々、牙を剝いた自然の驚異、復興に向けた人々の力強いその後までも見せてもらえる貴重な場所である。

このようないろいろな被災地を見ることで、自分の性格的なところと、人間的な未熟さを抱えながらも古希を迎えられたことも大きいと思うが、「無念」という言葉そのものが、非常に胸に刺さるようになってきた。

また、東北地方のそれぞれの被災地は、最初の頃はとても真面に見られず、見ることに罪深さまで感じていたが、事実は事実として自身の体を使い見聞しなければ意味がないとまで考えるようになってきた。

その震災の年からその後も三年に一回は出かけていき、昨年（令和2年）は宮城県から岩手県にかけて慰霊碑参りに行ってきた。被災地には、復興プロジェクトも組まれているようであり、その後の復興の足取りは、現地の人を介して見ていきたいと考えているため、機会ができれば出かけていきたい。

ボランティア活動から

初めてボランティア活動をさせてもらったのは、東日本大震災の時である。この話は「自分が捉えた東日本大震災」で既述しているが、この年の震災が起きた日の時間を境にして、自分の人生観も揺れ出したのは今でもよく覚えている。決して手前味噌を並べ立てるつもりはないが、これまでの活動箇所を列記することで、現場での作業状況と、そのときに気がついたことなどを綴りながら、ボランティア活動から見えてきたことなどを最後にまとめた。

(1) 東日本大震災（平成23年3月）で被災した千葉県旭市の現場

この箇所は、「自分が捉えた東日本大震災」で記述しているために詳細は省くことにする。

(2) 茨城県常総市の鬼怒川堤防決壊（平成27年9月）現場

被災者宅は、切れた堤防のすぐ近くで、一階の鴨居の下まで浸水した跡があったが、その後の片づけで床板と壁板は剝がされていた。そして、床下に二十センチぐらい溜まった、少し泥の匂いのするヘドロ状のものをスコップで撤去する作業を二班体制（十人程度）で始めた。

この時一番手間取ったのが、台所の床下に溜まっていた泥の撤去であった。その作業には、班のリーダーとなった男性が合羽で身を覆ってあたったが、それは床下わずか五十センチの隙間に入り込んで行う過酷な作業となった。

その泥をリーダーがシャベルで掻き出し、それを私がスコップで受け取ることを繰り返し行った。このときは床板がまだ残っていたために、作業に手間取り、相当な時間がかかってしまった。

この作業は、小さな穴に潜り込むのと同様なところがあり、動きが制約される場所であった。リーダーは汗だくで泥だらけになりながらしかも交代することもなく、黙々と作業を続けていた。この気概には非常に心を打たれた。

この時にリーダーの責任をまざまざと見せられてしまった。自分もリーダーとして機会が与えられたら、このような気構えでやらねばと、大きな決意をさせられ、良い人と巡り合えたと感動した。

この時被災された方に話を聞いたが、壊れた自宅を見た時には、もう笑うしかなかったと言われていた。気の毒で二の句が継げなかった。また、道路には衛生的措置として、石灰が撒かれており、車が通るたびにモウモウと舞っていた。

(3)熊本県の熊本地震（平成28年4月）被害現場

被災した家屋は、市内の中心部から少し外れた所にあり、瓦屋根は殆ど残ってはいたが、家屋は座屈した状態であった。当然そのまま住み続けることはできないため、撤去を余儀なくされる家屋であった。

作業内容は二班体制（十人程度）で、落ちて壊れた瓦や崩れたブロック塀の欠片を土嚢袋に詰め、置き場に持ち込む作業となった。近くには墓地もあったが、墓石は殆どが倒壊し見るも無残な状態になっていた。

次の所は、被災後に市営住宅に引っ越したばかりの女性宅の片づけ作業となった。内容は女性の学生たち三人と一緒に、各部屋の掃除を伴う家具類を移動配置する、いわゆる引っ越し後の諸々の作業であった。

その学生たちに、ボランティアの参加動機を聞いたが、就職も決まり仕事に就く前に何か身に付けたいと来たようであった。

ボランティア体験は、参加者の気持ちを一つにする力が醸成されるところがあり、仕事にも生かされることだろうと、エールを送らせてもらった。

余談だが、作業が終わり、ボランティアセンターに作業報告した帰りの途中で路面電車に乗った。その乗務員の丁寧な行き先案内の言葉遣いが印象深く、束の間の熊本電車の魅力も知ることができた。

その路面電車も途中下車して、水前寺公園と熊本城を見てきた。公園は地震の影響を感じるものは殆どなかったが、熊本城はテレビや新聞で報道されていたように、至る所に大きな被害が出ていた。

その報道のように、天守閣は酷く壊れ石垣もいたるところが崩れ落ち、まさに落城そのものであった。この酷い壊れ方には、さぞ清正公もガッカリしていることだろうと思いながら、天守閣近くの加藤神社まで被害状況を見ながら歩いて行った。

神社の被害は、殆ど見られなかったが、その点は熊本城が身代わりになった印象を受けた。また神社へは熊本県民の一日も早い復旧復興と、観光資源として大きく君臨している熊本城の早期の復旧復興も祈りながら神社を後にした。

⑷福岡県朝倉市の豪雨災害（平成29年7月）現場

最初の現場は、家屋本体の被害はそれほどでもなかったが、裏山から大量の礫交じり土砂が床下に流れ込んだ場所であった。作業内容は二班体制（十人程度）で、床下に堆積した土砂をスコップで掻き上げ、一輪車で運び出すことであった。

この家屋の娘さんは、住まいの被害の大きさに、大変なショックを受けたようで、顔にも表情がなく、覇気が全く感じられなかった。今でもその顔が鮮明に記憶されているが、早く立ち直ってもらいたいと祈るばかりである。

次の現場は、この最初の被害者宅のすぐ近くで、部屋は大量の土砂が人丈ほどになり、もちろん壁などは全てなくなっていた。作業内容は、礫交じりの土砂を三班体勢（十五人程度）になり、一輪車にスコップで積み込むことで、まさに人海戦術の撤去作業となった。

その他、再度の降雨による土砂の流れ込みを防ぐために、長さ七メートルほどの土嚢三段を積み上げた。この現場は、他の被災地よりも被害状況が酷く、遠くでは警察などの捜索も行われ、地元のテレビ局も来て、我々の作業と被災者への取材をしていた。

そして、ボランティアセンターに帰る途中の裏手の山には、爪で引っ掻いたような痕跡が至る所に数多く見られた。その被害の大きさは周辺各地に渡り、見るほどに豪雨の怖さに寒気までも襲われた。また、その後の雨も大変気になった。

(5)岡山県倉敷市真備地区の豪雨被害（平成30年7月）現場

この場所は、近くの河川の堤防が決壊したために、家屋の二階天井近くまで浸水した被災宅であった。そこでは、使えなくなった家具類の運び出しと、床板をバールなどの道具で剝がす作業を二班体制（十人程度）で行った。

その他には、若い夫婦の家もあった。その家屋は建築してから四、五年ぐらいの立派な家であった。建物自体はやはり一階部分が浸水し、家具類の運び出しは終わっていたが、駐車場に堆積した土砂の撤去作業をやらせてもらった。

この家屋の被災者に伺った話では、壁などに集成材を使っているため、水を含むと歪が出て、そのままでは使用に耐えられないとのことであった。そのために全てを取り壊し、再建するしかないらしく、今は保険会社との交渉中ということであった。

(6)千葉県房総半島一帯の台風被害現場（令和元年9月）

この現場は、台風による猛烈な風により屋根瓦などが吹き飛び、そのためにビニールシートを張る作業となったが、最初は館山市に行き建設業者を主体として、屋根のビニール張りの作業を行った。

同様なことを一日で六件ほどをやってきたが、なかには足が悪いために足元も覚束《おぼつか》なくて、二階にも上がれないと言っている高齢の女性の一人暮らしの方もいて、その後の生活がどのようになるのかと、気になりながらの帰路となった。

その後も仕事をしている関係で、土曜日にしか行けなかったが、毎週の土曜日には雨のない限りは出かけた。行った先では、濡れた家具類や倉庫の資材、飛んで壊れた瓦等の片づけと、山崩れによる土砂の撤去などの作業をさせてもらった。

この台風により房総半島の突端部の市町村は殆ど被害を受けており、特に東京湾に面した所が一番酷かった。毎週の行き先を、インターネットでボランティアセンターの対応状況を見ながら決めた。訪れた自治体数は七市町になった。

この千葉県の台風被害では、ボランティアの利用する車の高速道路の通行料金が、東日本高速道路株式会社の往復無料になる支援を受けられて、非常に助かった。この点は事前手続きもパソコンで申請書を作れるようになり、高速道路の出入り口のゲートで書類を渡すことで、通行できる簡便なものに変更されたものである。

(7)活動作業から見えてきたこと

どこの被災地に行っても、このような表現は適切ではないが、被害の状況は多種多様で、悲惨な現場をたくさん見てきた。一番はそれからの生活の再建をどのように考えるかということである。

被害家屋を修理して住み続ける被災者もいれば、避難所から仮設住宅、復興住宅と何回も引っ越し作業を余儀なくされる被災者もいる。

また、かかる経費負担も多額なものになり、災害支援金や住宅の災害保険金などで対応しても、持ち出し金は当然出てくる。さらに、精神的な負担まで上乗せされることにもなる。

それぞれの被災者が、それぞれの生活パターンで、復旧復興を考えていかなければならない。非常に重たいものを背負っている。考え出したら切りがなく、特に一人暮らしのお年寄りは、以前の生活に戻れるのかどうかも分からない。

これまで述べたような自然災害は、毎年大規模化してきており、ほとんどが激甚災害となっている。大雨や大型台風は、温暖化のために海面温度の上昇に伴って、引き起こされるものらしい。

今後の暮らしは、どうなっていくのか。誰にも分からない。分かっていることは、如何にして、常日頃から最低限の災害への備えをしておくかということである。

それは、水や食料などの備蓄、自宅付近のハザードマップの確保、避難所の確認と、そこまでの交通手段（地理的条件等）防災グッズの確保、携帯ラジオ、日頃服用している薬などのものは、いつでも持ち出せるように同じ場所に置いておくなどである。

さらに、大事なことは、早めの災害情報の収集を心掛け、自宅避難が困難となる場合は、地域と連携する協力体制を常日頃から備えておく。これらのことはテレビや新聞等で再三再四報道されていることであるが、常に再確認が必要である。

地震は特に東日本大震災辺りから、場所を特定することなく、列島のあらゆる所で頻繁に起きている印象がある。地震の予知情報は、我々の日常生活に必要不可欠なものであり、早急な研究開発で、その成果を出してもらいたい。

この活動を通して感じたことを総括する意味として、今後の私的なあるべき論を展開させてもらうと、様々な被災者の生活再建に向けた支援をどのように行っていくかということが、前述したように最大の課題であることは歴然としている。

被災者の主体とするサポートは、行政側の責任の下にその対応が行われてきた。しかしながら行政主体にも限界が見え始めている。なぜならば、災害復興に向けた必要な予算措置が、世の不況とコロナ禍で取れない状態にきているということである。

つまり、拠りどころとするお金がないということである。ちなみに国と地方を合わせた長期債務残高は財務省の資料によると、令和二年度で一一二五兆円となっている。国民一人当たりに換算すると、約八九五万円の借金を抱えていることになる。

このことを考えても国や地方の行政機関に頼れないことが良く分かる。つまり、国民としては最低限度の行政サービスしか受容できないということになる。今後の思い切った予算措置で国難を乗り切るだけの力は殆ど望めないということでもある。

何事もとりあえずは、お金がなければ何もできない。地獄の沙汰も金次第というが社会経済を回しているのは国民であり、その働いたお金が国などの行政機関の税収となり、財政的な予算措置が取られ機能していることになる。

ではどうするのか。一介の平老人の戯言ではあるが、単純に言えることは、国債の発行に値するお金は、国民負担として考えるということである。つまり、労力の提供で賄うことを考えることが必要ではないかと考えている。

このまま国債に依存している財政状態を継続していくと、それこそ足元から瓦解し最大の国難として身動きできなくなると思う。少しでも借金地獄から抜け出すには国民が国情を正しく理解し、将来に備えなければならないと考えている。

先に述べた国民負担とは、労力の無償提供であり、ボランティア活動である。全てをこのことで乗り切ることはできないが、制度として法的に確立したものにできればより強力な一つの行政機関として機能するのではないかと考えている。

さらに言えば、現在のボランティア活動は地方の地域福祉協議会が窓口となり、センターを立ち上げ、その活動を支援している。私はここにも限界を見ている。つまりボランティア活動は、災害時だけのものに限定されているということである。

この体制のために、ある程度の被災者宅の支援等に形がつくと、センターは閉鎖される。被害状況ではその後も支援活動が必要なところもあり、受け入れ窓口がなくなったことで、ボランティアが集まらないということになってしまう。

この穴埋めは、国と地方と地域の三位一体となった常時窓口が開設されると、手厚い支援体制で対応できると考えている。国の行政機関には、ボランティア庁でも作るぐらいの気概が欲しい。早急な制度設計を図る必要が急務と考えている。

これでいいという確立した方法とか手段はなかなか存在しない。私が参加した先々では、世代を越えて全国から集まったボランティアたちで、それはそれで大変な数の力を見せつけられて、互助と共助の精神に深く感動したことも多かった。

また、全国には定年退職した元気なご老人たちがたくさんいる。このベテラン組の力がこのボランティアに組み込めれば絶大な力となり得るのではないかと考え始めた。独りよがりの戯言とは思うが、使えれば最高の国力になると確信している。

つまり、このベテラン組の中には、長年の多種多様な経験で、いろいろな技術が体に取り込まれている。現場には種々な技術力が必要であり、ただ熟老していくだけではもったいない。この力を使わない手はない。と勝手に夢を膨らませている。

行政とボランティアの二頭立て体制が確立できれば、日本国の有り様として、将来の新しい国作りができると。いつまでも旧態依然として、国債に依存する予算措置では、世界と共存できないし、先進国としてのリーダーにもなれないのではないのか。

最後に一昨年の房総半島での話であるが、母親と一緒に小学四年生の男の子がボランティアに参加していた。その母親がなぜ子供を連れてきたのかは、残念ながら聞けなかったが、その子供も母親と一緒に頑張っていて微笑ましく思えた。

以前から考えてはいたが、貴重な現場体験を学校教育に取り入れられないものか。つまり、小学生の上級生辺りから参加させ自然災害の怖さやその結果どのようなことが起きるのかということを自分たちの目で見て実体験で勉強してもらう。

この教育プログラムが実践できれば、中学生・高校生・大学生までの貴重な国力になり、人手不足もある程度は解消されることになる。当然ながら災害の現場によっては、危険な箇所もあるが、その体制は小中学生に配慮した作業現場とすることや災害ボランティア保険等を充実することで対応できると考えている。

これまでの災害現場では、全国からいろいろな交通手段で来る人がたくさんいた。そのボランティア同士で、これまで行った先の災害現場のことやボランティアに対する考え方などのいろいろな話が聞けるところも、私の参加する大きな意味でもある。

参加するには、自分のペースで、できる範囲のことをする。決して無理をしない。これが条件と考えている。ボランティアは今や災害列島化してしまった大きな国難ともいえる中で、日常生活に欠かせない重要な存在となり、その時代に入っている。

おわりに

当初、株式会社幻冬舎ルネッサンス新社の立澤さんに、土俵下で逡巡している私の背中を力強く押して頂き、土俵に上がらせてもらいましたが、その後も本当に大丈夫かなぁという気持ちは、長い間引きずっていました。

その後に同社の竹内さんから今後のスケジュールを提示してもらいまして、編集から校正作業などの説明を頂きました。この時点でようやく始まりを感じました。

お二人の話では、一冊の本が出来上がり、出版されるまで八か月ほどを要するとのことでした。初めて伺う話でありましたため、その長さに驚いてしまいました。

また、それほどの多くの時間をかけられることには、編集作業や校正作業などでも、多くのスタッフの方々の作業を伴っていることなども推測されました。

一冊の本が世に出るまでの期間と時間は、出版社が社会に対して、大きな責任を持たれているとも受け取れまして、素人ながら敬服いたしました。

私としましては、初のＩＳＢＮが書籍に振られることになりますが、このために、これまで同社から出版された多くの方々と、同じ立ち位置となります。

このことを考えますと、私が今回出版させて頂くことで、同社の看板汚しにならないかと、不安な気持ちも正直あります。

ただ、このような反面、早く自分の本を見てみたい気持ちも少しは芽生えてきていますが、まだまだ、遥か雲の上の出来事を下から見上げているような感じがしています。

最後になりますが、立澤さんや竹内さんを始めとしまして、多くの皆様のお力で、出版させて頂くことに、感謝いたしております。本当にありがとうございました。